PETITS CLASSIQUES

LAROUSSE

Collection fondée par Félix Guirand, Agrégé des Lettres

Sylvie, Souvenirs du Valois

NERVAL

nouvelle

Édition présentée,
annotée et commentée
par
Françoise Sylvos,
Maître de conférences
à l'Université de la Réunion

www.petitsclassiqueslarousse.com

SOMMAIRE

Avant d'aborder le texte

Sylvie, Souvenirs du Valois
GÉRARD DE NERVAL

© Larousse, Paris, 2008 – ISBN 978-2-03-58447-7

SOMMAIRE

Comment lire l'œuvre

Avant d'aborder le texte

Sylvie, Souvenirs du Valois

Genre : récit reposant en partie sur une trame autobiographique, la nouvelle comporte le sous-titre évocateur de *Souvenirs du Valois*. Elle fusionne plusieurs genres, mentionnés ou non par l'auteur, pour inventer une forme narrative entièrement nouvelle. On note parmi ces genres la promenade littéraire, l'idylle, la pastorale, la romance, mais aussi le roman de formation.

Auteur : Gérard Labrunie, dit Gérard de Nerval, poète, journaliste, auteur dramatique (1808-1855).

Structure : elle est fondée avant tout sur l'évolution du personnage principal qui est aussi le narrateur (le « je »). Les différents âges de la vie organisent le récit. Leur succession, qui n'est pas strictement linéaire, modifie le point de vue du personnage, qui d'abord idéalise puis critique. Après les souvenirs enchanteurs survient le désenchantement. Deux chapitres, « Othys » (VI) et « Chaalis » (VII), qui correspondent respectivement à l'apparition réelle de Sylvie et à celle rêvée d'Adrienne, illuminent le cœur d'une nouvelle dont le deuxième pan défigure le premier. Le temps ruine l'autre construction présente dans la nouvelle et fondée sur des analogies qu'imagine le narrateur ressuscitant sa jeunesse. Les effets de miroir, les échos entre les lieux et les personnages, les réminiscences appartiennent à des instants privilégiés mais éphémères. De l'évolution historique, économique résultent la disparition de l'artisanat, l'uniformisation des modes de vie (chapitre X). L'emprise de la modernité, qui affecte les objets, les lieux, les mœurs, rend plus sensible le temps physiologique altérant les êtres (chapitre VIII). Elle prive le narrateur de ses références et le dissuade de se fixer en un lieu dont l'idéal rustique incarné par Sylvie et l'idéal mystique représenté par Adrienne se sont absentés.

Repères dans l'espace : le Valois, région où Nerval passa une partie de son enfance, est situé au nord de Paris et de l'Île-de-France, au sud du Soissonnais. Le narrateur hésite perpétuellement entre Paris et le Valois. Cette instabilité qui fait obstacle à son bonheur est le signe de la profonde insatisfaction caractérisant la génération romantique.

Repères temporels : les indices autobiographiques, quelques jalons historiques (la mort d'Adrienne en 1832) nous autorisent à superposer la chronologie du narrateur (« le Parisien ») et celle de l'auteur (Nerval). On peut situer le temps de la narration vers 1852-1853, l'époque de l'enfance vers 1815, celle de l'adolescence autour de 1823, l'âge de la quête amoureuse peu après 1830.

Les trois âges de l'homme,
Giorgione (1477-1510),
Palazzo Pitti, Florence.

GÉRAND DE NERVAL

(1808-1855)

Juvenilia

1808

Naissance à Paris, rue Saint-Martin, de Gérard Labrunie, fils d'Étienne Labrunie, médecin, et de Marie Marguerite Antoinette Laurent, originaire de l'Aisne. L'enfant est probablement confié à son grand-oncle et mis en nourrice dans le Valois.

1810

Mort de sa mère en Silésie, le 29 novembre. Elle y avait suivi Étienne Labrunie, médecin militaire auprès des armées napoléoniennes depuis 1808. L'enfant vit tantôt à Paris, tantôt à Saint-Germain, tantôt à Mortefontaine.

1814

Son père rentre de campagne. Il s'installe avec son fils à Paris.

1822-1826

Gérard Labrunie étudie au collège Charlemagne où il rencontre Théophile Gautier.

1826-1829

De 1826 à 1829, il publie des pièces de vers essentiellement satiriques et libérales. En 1827, sa traduction du premier *Faust*, œuvre de l'écrivain allemand Goethe, fait date.

La bohème littéraire

1830

Partisan de Victor Hugo lors de la bataille d'*Hernani*, Gérard Labrunie est aux avant-postes de la révolution romantique. Le poème « Le Peuple » fait de lui un partisan de la révolution politique des 27, 28 et 29 juillet 1830.

1831

Publication des *Odelettes*.

1832

Il fréquente les Bousingots, mouvement politiquement progressiste, et les membres de la Jeune-France qui constituent le « Petit Cénacle » – par opposition au « Grand Cénacle » de Victor Hugo. La Jeune-France représente l'avant-garde littéraire et artistique. Pétrus Borel est l'un de ses membres les plus actifs.

1834

Mort de son grand-père. Voyage en Provence et en Italie.

1835

Le jeune Labrunie « perche » dans le quartier du Louvre alors en cours de démolition, avec ses amis artistes : c'est la bohème, rue du Doyenné, qui réunit des écrivains (Théophile Gautier, Auguste Maquet) et des artistes, peintres ou illustrateurs (Rogier, Delacroix, Chassériau, Corot, Achille Devéria). Création de la revue *Le Monde dramatique*, dirigée par Antoine Bouchardy et Gérard Labrunie.

1836

Faillite du *Monde dramatique*. Considérablement appauvri, Nerval se tourne vers le journalisme – essentiellement la critique dramatique. Première apparition du pseudonyme Nerval.

1837

Il compose le livret de *Piquillo*, en collaboration avec Dumas. L'interprète féminine est la cantatrice Jenny Colon pour laquelle il aurait éprouvé un amour platonique.

Le temps des voyages

1838-1841

Nerval voyage en Allemagne, en Autriche où il rencontre Franz Liszt, Marie Pleyel, ainsi qu'en Belgique. En 1839, deux de ses drames sont représentés : *Léo Burckart* et *L'Alchimiste*. En 1840, traduction du *Second Faust*.

1841

Première crise psychique connue, qui dura environ neuf mois. Il compose alors six sonnets, première ébauche des *Chimères*.

1842-1843

Mort de Jenny Colon. Voyage en Orient. Parti de Marseille, il fait escale à Malte, en Grèce, puis il visite l'Égypte, la Syrie, le Liban, la Turquie. Au retour, il séjourne à Naples, visite Pompéi, Herculanum.

1844

Publication du « Christ aux Oliviers ». Voyage en Hollande et aux Pays-Bas. Nerval commence à publier en feuilleton les souvenirs de son voyage en Orient et reprend ses activités journalistiques.

1848

Sur fond de révolution, il parachève la traduction des poésies de Heine.

1849

Nouvelle crise. *Le Marquis de Fayolle*, roman historique inachevé, est publié en feuilleton. *Les Monténégrins*, pièce musicale. Brève escapade à Londres.

Une période prolifique

1850

Mai 1850, représentation du *Chariot d'enfant*, fantaisie indienne écrite en collaboration. Voyage en Allemagne. *Les Faux-Saulniers*, feuilleton dont Nerval tirera *Angélique*.

1851

Publication de *Voyage en Orient*. Première de la pièce *L'Imagier de Harlem*. Le succès est de courte durée. Rechute à la suite de cet échec.

1852

Nerval est à nouveau en dépression. Publication des *Illuminés*. Voyage en Belgique et aux Pays-Bas. Publication de *Lorely, souvenirs d'Allemagne*, de *La Bohème galante*, des *Nuits d'Octobre* et du volume *Contes et Facéties*.

1853

Les Petits Châteaux de Bohème. Hospitalisation pour troubles psychiques. Publication de *Sylvie* en août. Nouvelles crises en août et en octobre.

1854

Publication des *Filles du feu*. Après un séjour de plusieurs mois à la clinique du docteur Blanche, à Passy, Nerval reprend sa liberté. Voyage en Allemagne. Publication de *Pandora*.

1855

Publication de *Promenades et Souvenirs* et du début d'*Aurélia*. Dans la nuit du 25 au 26 janvier, on retrouve Nerval pendu, rue de la Vieille-Lanterne. Publication de la seconde partie d'*Aurélia*.

CONTEXTES

Le contexte historique et politique

En février 1848 a lieu une révolution déclenchée par l'interdiction de banquets républicains. C'est un mouvement populaire largement nourri et préparé par un courant social et démocratique né après la révolution de 1830. Le monarque Louis-Philippe abdique. La IIe République est instaurée, le suffrage universel proclamé, dans un climat de fraternité romantique. Le gouvernement provisoire rétablit les libertés, abolit l'esclavage dans les colonies, réorganise la vie administrative, adopte certaines mesures sociales telles que la réglementation de la durée du travail, l'instauration d'ateliers nationaux.

En avril 1848, la France vote pour la république libérale, rejetant aussi bien la révolution sociale que le retour à la monarchie. Mais, en juin, la dissolution des ateliers nationaux provoque des émeutes à Paris. Trois journées de combats meurtriers, des milliers d'arrestations s'ensuivent.

Ce dérapage creuse l'écart entre les partisans d'une république politique et les tenants d'une révolution sociale. Cette dernière réprimée, le gouvernement de Cavaignac rédige une constitution républicaine. On élit pour quatre ans un président. À la suite de juin 1848, les partisans de l'ordre, confortés dans leurs craintes, soutiennent le neveu de Napoléon Ier, Louis Napoléon Bonaparte. Celui-ci est élu avec 75 % des voix.

Dès son investiture, il compose un gouvernement très conservateur, favorable à la monarchie et à l'Église catholique. Malgré « la peur des rouges » causée par un nouveau soulèvement (juin 1849), les idées républicaines progressent parmi les classes moyennes et en province. Les conservateurs tentent de limiter les libertés et de restaurer un « ordre moral ». Pendant ce temps, Louis Napoléon Bonaparte s'assure de sa popularité dans les provinces et de la complicité de l'armée.

Le 2 décembre 1851, Louis Napoléon Bonaparte confisque le pouvoir. Après la « fusillade des boulevards », la répression dans les provinces, environ trente mille personnes sont arrêtées. Les déportations à Cayenne et en Algérie, les expulsions se comptent par milliers. L'Empire s'aliène ainsi l'opinion des intellectuels et des libéraux. Toutes les mesures libérales décrétées sous la IIe République sont abolies. Dès février 1852, la presse est complètement muselée. Pour mettre à l'écart les membres des régimes précédents et remplir un programme fondé sur l'essor de l'économie, de la banque et des chemins de fer, le chef de l'État s'appuie non sur des hommes politiques, mais sur des dirigeants de l'économie. Au bout d'un an, l'Empire est rétabli officiellement. Après la terreur et l'exil, la vie politique est comme figée.

Discret pendant la révolution de 1848, Nerval a manifesté, dans sa correspondance, sa sympathie pour l'aile montagnarde (extrême) de la révolution. Dans *Les Faux-Saulniers*, il a critiqué d'une manière très subtile mais insistante les lois contre la presse et le roman en feuilleton instaurées à la fin de la IIe République et l'état de « terreur inexprimable » qui pèse sur la littérature. Il a pressenti le coup d'État militaire qui se préparait. Nerval, qui a vécu les retombées de la révolution de 1830 et qui réédite en mars 1848 un poème révolutionnaire écrit à ce moment, « Le Peuple », a probablement éprouvé au lendemain de 1848 une nouvelle désillusion. Loin de progresser, l'histoire piétine et se répète. Le Nerval d'après 1830 s'est-il jamais repris comme les jeunes gens de *Sylvie* aux illusions de l'art ou aux « utopies brillantes » ? *Sylvie* évoque les chimères qui se sont développées sur le terreau fertile de l'après-1830 et jette sur elles le regard critique, désabusé, réaliste, d'un narrateur qui prend la plume au temps du Second Empire.

La vie culturelle

Les années 1850 constituent un tournant dans l'histoire du romantisme. Nombreux sont les historiens de la littérature qui considèrent que le romantisme est mort avec le Second

Empire, qui a définitivement mis à mal les idéaux de 1848. Certes, d'autres courants apparaissent, comme le réalisme, à l'initiative d'un Champfleury ou d'un Dickens dont Nerval se réclame en 1852 dans *Les Nuits d'Octobre*. Néanmoins, le romantisme perdure, ne serait-ce que par la longévité et l'irréductibilité de certains de ses représentants dont l'éviction – exil, retrait du champ politique – ne signifie pas qu'ils aient été réduits au silence. Longtemps, George Sand et Victor Hugo continueront de porter les couleurs du romantisme. Leur position même, marginale ou au-dessus de la mêlée, légitime une parole dont l'indépendance et la liberté sont les seuls garants.

En effet, le romantisme est dès ses origines un mouvement de libération du moi et de l'art qui, en France, s'est d'abord développé sous la Restauration (1815-1830) et la monarchie de Juillet (1830-1848), par réaction au classicisme et au rationalisme philosophique des siècles précédents. Les premiers défenseurs et théoriciens du romantisme, August Wilhelm von Schlegel (1767-1845), Mme de Staël (1766-1817), Stendhal (1783-1842) se sont surtout opposés au classicisme parce qu'il leur semblait inadapté à l'époque moderne. Ils pensaient que la littérature devait être « l'expression de la société » (Louis de Bonald). Ils cherchaient dans le Moyen Âge ou la Renaissance, dans le folklore ou les grandes épopées « primitives » des sources d'inspiration nouvelles.

Les mots « romantique », « romantisme » sont redevables au goût du XVIIIe siècle finissant pour une nature sauvage avec laquelle l'homme peut communier, ses paysages pittoresques et romanesques parlant au cœur et à l'imagination. Cette sensibilité, animée par la nostalgie et le sentiment moderne des ruptures historiques, oriente la quête romantique vers une origine mythique, un paradis perdu. D'où le lyrisme poétique et la quête de l'unité intime ou sociale, d'où la volonté de recréer par l'art une totalité.

Est-ce à cause de son insatisfaction ou d'un égotisme exacerbé ? Le sujet romantique fait preuve d'une énergie débordante, d'un désir d'expansion infinie : révolte, goût de l'action ou des voyages, blasphème et provocation, désir de connaître manifestent à divers titres ce dynamisme. Ce désir de connaissance illimité, la folie, le rêve, la contemplation semblent aptes à l'assouvir en perçant certains mystères qui se dérobent à la raison seule mais que lèvent le mage et le poète, à l'écoute de signes révélant l'existence d'autres mondes, en correspondance avec le nôtre.

Sylvie : classicisme, romantisme, réalisme

Marcel Proust, dans *Contre Sainte-Beuve*, réfutait certaines idées reçues concernant Nerval : « Il est convenu aujourd'hui que Gérard de Nerval était un écrivain du XVIIIe siècle attardé et que le romantisme n'influença pas un pur Gaulois, traditionnel et local, qui a donné dans *Sylvie* une peinture naïve et fine de la vie française idéalisée. » L'écrivain témoigne explicitement de son intérêt pour le XVIIIe siècle. On aurait tort de croire que ce siècle, tel qu'il est relu et interprété par Nerval et ses contemporains, est le siècle de l'académisme classique (voir à ce sujet le jugement de Monique Streiff Moretti, p. 152). Nerval nourrit à l'égard de cette époque des sentiments ambivalents. À Ermenonville, le temple de la philosophie est inachevé, à l'abandon ; qu'à cela ne tienne, il faut poursuivre l'œuvre commencée par les philosophes : ceux que le marquis de Girardin, créateur du parc d'Ermenonville, a révérés, et en particulier Rousseau, figure tutélaire du romantisme. Le libertinage est en revanche mis à distance. L'héritage spirituel et affectif de l'oncle semble peser d'un poids funeste sur l'avenir du narrateur, condamné à n'aimer dans les femmes que des images lointaines, comme celles qui ornaient les tabatières de ce parent. Le paysage, qui touche de plus près aux problèmes de goût et d'école, reflète également cette ambivalence : Ermenonville et Mortefontaine ont un aspect néoclassique par les références multiples à l'Antiquité grecque et latine – mais la nouvelle critique cette antiquité de « seconde main ». Ermenonville et les parcs du Valois répondent au goût de la fin du XVIIIe siècle pour le jardin à l'anglaise. Plus romanesques que romantiques, ils évoquent des scènes touchantes et sentimentales inspirées par *La Nouvelle Héloïse*. Mais la ruine, en inscrivant l'image du temps destructeur et de la mort au cœur même du paysage, altère la perfection et la symétrie classiques. La fin de *Sylvie* montre que le narrateur ne peut se détacher de cette esthétique un tant soit peu morbide, liée au romantisme par l'émotion trouble qu'elle engendre. La nouvelle joue des tensions entre une nature solaire, un Valois voué au vin, à la fête, à la danse, et les paysages nocturnes, les spectres trompeurs, l'aspect sauvage des ruines et des roches évoquant les drames de l'Histoire. Ces tensions sont symbolisées par deux personnages : Sylvie, figure pivot, incarnation de la « douce réalité », mais aussi de la régularité classique par le caractère « placide » de son sourire « athénien » ; Adrienne, dont Aurélie est un double, incarnant « l'idéal sublime », l'appel des forces obscures et l'indécision vaporeuse de contours que réclame l'esthétique romantique. Mais dire que chaque figure féminine incarne une conception de l'art serait par trop simpliste. Sylvie porte aussi en elle l'énergie ensorcelante du feu et la couleur – vertus éminemment romantiques – contrastant avec la mélancolie des scènes lunaires ou crépusculaires qu'Adrienne et Aurélie déclinent en teintes pastel.

Dans *Les Nuits d'Octobre* de 1852, Nerval a rendu hommage à Dickens et fait un pas en direction du réalisme, tendance récente qu'il s'est appropriée pour rendre compte de la poésie de la rue. Dans *Sylvie*, Nerval recourt à l'observation. Il faut s'entendre sur le sens du « réel » puisque ce mot important figure au début du chapitre III (« Reprenons pied sur le réel. »). Au quotidien, dans son sens le plus galvaudé, le réalisme consiste à envisager l'existence de manière concrète, en se souciant avant tout de sa sécurité matérielle. On a reconnu l'état d'esprit de Sylvie adulte, qui se range et assure son avenir. Privilégiant le « solide », elle adapte, en jeune femme moderne, ses activités aux lois de l'offre et de la demande. De toute évidence, ce changement, qui est bien dans « l'ordre des temps » industriels, est présenté négativement au lecteur. Quant au réalisme artistique, il participe d'abord d'une intelligence descriptive que Nerval a développée pendant ses voyages et qu'il déploie pour poser, en véritable peintre, le décor de scènes d'intérieur où abondent les termes précis : le lexique du costume, de la vaisselle ou de l'ameublement (chapitre VI). Ce réalisme n'est d'ailleurs pas sans liens avec la recherche romantique du pittoresque et de la couleur.

Le réalisme en art participe ensuite d'une intention critique. Il vise tant les chimères, les illusions romanesques, l'inadaptation du romantique au monde comme il va que le réel, inapte à satisfaire ces nobles aspirations. Le réalisme, dans *Sylvie*, c'est la lucidité d'un narrateur qui, en retrouvant le Valois après quelques années d'absence, déchante et sourit au sentimentalisme de sa jeunesse et du siècle passé. Terre maternelle, nourricière et généreuse jusqu'au chapitre VI, espace d'un bonheur fusionnel que traduit l'image de la ronde, le Valois se ferme ensuite au « Parisien » (chapitre XII). Le point de vue du narrateur adulte sur le Valois est réaliste et désillusionné, mais la nostalgie du paradis perdu, le lyrisme, l'ironie douce-amère qui accompagnent ces constatations sont, eux, romantiques. Le réalisme n'est qu'une composante de l'art nervalien. L'annonce de la mort d'Adrienne est bien dans le goût romantique en ce qu'elle donne rétrospectivement à la nouvelle une dimension fantastique : oui, le narrateur a bien eu des apparitions et ce signe de l'au-delà réenchante, en dernier ressort, un réel désenchanté. Des diverses aspirations artistiques de son temps – retour à l'Antiquité qui n'est pas nécessairement synonyme de classicisme, de réalisme – Nerval a réalisé la synthèse, dans une perspective romantique et personnelle.

Vie	Œuvres
1808 Naissance à Paris de Gérard Labrunie. Son père, Étienne Labrunie, est nommé médecin dans les armées impériales.	
1810 Mort de sa mère en Silésie.	
1814 Retour d'Étienne Labrunie. Il s'installe à Paris avec son fils.	
1822-1826 Élève au collège Charlemagne.	
	1826 *L'Académie*. *Élégies nationales* et *Satires politiques*.
	1827 Traduction du premier *Faust*.
1829 Débuts dans le journalisme littéraire.	
1830 Nerval reçu chez Hugo. Il participe à la bataille d'*Hernani*.	**1830** « Le Peuple ». « Les Doctrinaires ». Traduction de poésies allemandes.

TABLEAU CHRONOLOGIQUE

Événements culturels et artistiques	Événements historiques et politiques
1808 Goethe, *Faust*. Schlegel, *Cours de Littérature dramatique*.	**1808** Joseph Bonaparte roi d'Espagne.
1808-1810 Mme de Staël, *De l'Allemagne*.	
	1812 Début de la campagne de Russie.
	1814 Abdication de l'Empereur (fin du Premier Empire). Début de la Restauration. Règne de Louis XVIII.
	1815 Les Cent-Jours. Nouvelle abdication de l'Empereur.
1816 Benjamin Constant, *Adolphe*.	
1820 Lamartine, *Méditations poétiques*.	
1821 Saint-Simon, *Du système industriel*.	
1822 Victor Hugo, *Odes et Ballades*.	
1823-1825 Stendhal, *Racine et Shakespeare*.	
1824 Création du journal *Le Globe*.	**1824** Règne de Charles X.
1826 Alfred de Vigny, *Poèmes antiques et modernes*.	
1827 Victor Hugo, *Préface de Cromwell*. Stendhal, *Armance*.	
1828 Sainte-Beuve, *Tableau historique et critique de la poésie française et du théâtre français au XVIe siècle*.	**1828** Indépendance de la Grèce.
1829 Victor Hugo, *Les Orientales*. Fourier, *Le Nouveau Monde industriel et sociétaire*.	
1830 Victor Hugo, *Hernani*. Stendhal, *Le Rouge et le Noir*. Auguste Comte, *Cours de philosophie positive*.	**1830** Révolution de Juillet. Monarchie de Juillet (règne de Louis-Philippe). Révolution en Belgique et en Pologne.

VIE	ŒUVRES
1831 Nerval fréquente le salon de Nodier.	**1831** « En avant marche ! ». *Odelettes*. Traduction d'Hoffmann.
1832 Second et bref emprisonnement à Sainte-Pélagie. Nerval fait partie du « Petit Cénacle ».	**1832** *La Main de gloire, Histoire macaronique.*
1834 Mort du grand-père maternel. Voyage en Provence et en Italie.	
1835 La bohème du Doyenné. Création du *Monde dramatique*.	
1836 Vente du *Monde dramatique*. Adoption du pseudonyme.	
1837 Début de la rédaction des *Lettres d'amour.*	
1838 Voyage en Allemagne.	
1839 Voyage en Allemagne et en Autriche.	**1839** *L'Alchimiste. Léo Burckart.*
1840 Séjour en Belgique.	**1840** Traduction du *Second Faust* et préface.
1841 Premières crises psychiques.	**1841** Nerval compose certains sonnets qui annoncent *Les Chimères*.
1842 En décembre, départ pour l'Orient.	**1842** *Les Vieilles Ballades françaises.*
1843 Malte, Grèce, Égypte, Syrie, Liban, Turquie. Naples.	**1843** *Un roman à faire.*
1844 Retour à Paris. Voyage en Belgique et aux Pays-Bas.	**1844** « Le Christ aux Oliviers ». Ses récits de voyages commencent à être publiés dans les journaux.

TABLEAU CHRONOLOGIQUE

Événements culturels et artistiques	Événements historiques et politiques
1831 Victor Hugo, *Notre-Dame de Paris*, *Les Feuilles d'automne*. Balzac, *La Peau de chagrin*.	**1831** Révolte des Canuts à Lyon.
1832 Petrus Borel, *Rhapsodies*. George Sand, *Indiana*.	**1832** Complot de la rue des Prouvaires. Épidémie de choléra.
1834 Musset, *Lorenzaccio*. Lamennais, *Paroles d'un Croyant*.	**1834** Insurrection d'avril (Lyon et Paris).
1835 Alfred de Vigny, *Chatterton*. Gautier, *Mademoiselle de Maupin*. Lamartine, *Voyage en Orient*. Hugo, *Les Chants du crépuscule*.	**1835** Attentat contre Louis-Philippe. Lois répressives.
1836 Musset, *La Confession d'un enfant du siècle*.	**1836** Ministère Thiers.
1837 Balzac, *Illusions perdues*.	**1837** Prise de Constantine.
1838 Hugo, *Ruy Blas*.	
1839 Stendhal, *La Chartreuse de Parme*.	**1839** Première locomotive française. Invention du daguerréotype.
1840 Musset, *Les Nuits*. Proudhon, *Qu'est-ce que la propriété ?* Hugo, *Les Rayons et les Ombres*.	**1840** Transfert des cendres de Napoléon Ier au Panthéon. Ministère Guizot.
1841 Balzac, *Le Curé de village*.	**1841** Loi interdisant le travail des enfants de moins de huit ans.
1842 Eugène Sue, *Les Mystères de Paris*. Aloysius Bertrand, *Gaspard de la nuit*.	**1842** Mort accidentelle du duc d'Orléans.
1843 Insuccès des *Burgraves* de Victor Hugo. George Sand, *Consuelo*.	**1843** Achèvement des chemins de fer de Paris-Rouen et de Paris-Orléans.
1844 Vigny, « Le Mont des Oliviers ». Théophile Gautier, *Les Grotesques*. Alexandre Dumas, *Les Trois Mousquetaires*. Mort de Nodier.	**1844** Fondation du parti de la « Jeune Europe » à Paris par les réfugiés politiques.

VIE	ŒUVRES
	1848 Traduction des poésies de Heine.
1849 Nouvelle crise. Bref séjour à Londres.	**1849** *Les Monténégrins.* *Le Marquis de Fayolle.*
1850 Voyage en Allemagne.	**1850** *Une nuit blanche* et *Le Chariot d'enfant*, pièces écrites en collaboration. *Les Faux-Saulniers.*
1851 Rechute de Nerval après l'échec de *L'Imagier de Harlem.*	**1851** *Voyage en Orient.* *L'Imagier de Harlem.*
1852 Nouvelle dépression. Voyage en Belgique et aux Pays-Bas.	**1852** *Les Illuminés. Lorely, souvenirs d'Allemagne. La Bohème galante. Les Nuits d'Octobre.* *Contes et Facéties.*
1853 Hospitalisation pour troubles psychiques. Nouvelles crises en août et en octobre.	**1853** *Les Petits Châteaux de Bohème.* **Août 1853,** *Sylvie.*
1854 Après un séjour de plusieurs mois à la clinique du docteur Blanche, à Passy, Nerval reprend sa liberté. Voyage en Allemagne.	**1854** *Les Filles du feu* suivies des *Chimères. Pandora.*
1855 Dans la nuit du 25 au 26 janvier, on retrouve Nerval pendu, rue de la Vieille-Lanterne.	**1855** *Promenades et Souvenirs.* *Aurélia.*

TABLEAU CHRONOLOGIQUE

Événements culturels et artistiques	Événements historiques et politiques
	1846 Grave crise économique en France.
1848 George Sand, *François le Champi.* Mort de Chateaubriand. *Mémoires d'outre-tombe.*	**1848** Révolution de 1848. IIe République. Adoption du suffrage universel. Élection de Louis Napoléon Bonaparte.
1849 Mort de Chopin. Voyage en Orient de Flaubert et Maxime Du Camp.	**1849** Écrasement de tous les mouvements libéraux en Italie, en Hongrie et en Allemagne.
1850 Mort de Balzac.	**1850** Lois restreignant le droit de vote. Amendement Riancey sur la presse. Loi sur l'enseignement dite « loi Falloux ».
1851 Exil de Hugo.	**1851** Coup d'État de Louis Napoléon Bonaparte.
1852 Dumas fils, *La Dame aux camélias.* Théophile Gautier, *Émaux et Camées.* Leconte de Lisle, *Poèmes antiques.* Émile de Girardin et Quinet expulsés. Michelet destitué du Collège de France. Henri Murger, *Scènes de la vie de bohème.*	**1852** Proclamation du Second Empire.
1853 George Sand, *Les Maîtres sonneurs.* Victor Hugo, *Les Châtiments.*	**1853** Haussmann préfet de la Seine. Début de ses grands travaux à Paris.
1854 George Sand, *Histoire de ma vie.* Auguste Comte, *Catéchisme positiviste* (1851-1854). Nadar, *Panthéon Nadar.* Baudelaire, traductions de Poe.	**1854** Début de la guerre de Crimée.
1855 Courbet, *L'Atelier.*	

GENÈSE
DE L'ŒUVRE

Si un écrivain aux antipodes des claires et faciles aquarelles a cherché à se définir laborieusement à lui-même, à saisir, à éclairer des nuances troubles, des lois profondes, des impressions presque insaisissables de l'âme humaine, c'est Gérard de Nerval dans Sylvie.

Marcel Proust, *Contre Sainte-Beuve*, IX.

Sylvie a d'abord été publiée isolément dans *La Revue des Deux Mondes* le 15 août 1853. Le titre exact de la nouvelle est *Sylvie, Souvenirs du Valois* mais Nerval avait d'abord pensé à « L'Amour qui passe ou Scènes de la vie ». Le sous-titre insistait sur la vision théâtrale de l'existence effectivement très présente dans la nouvelle. Six mois plus tard, *Sylvie* est incorporée à un recueil intitulé *Les Filles du feu*. Il regroupe une préface, six nouvelles et un recueil de sonnets, *Les Chimères*. Certains poèmes des *Chimères* datent de 1841. Plus tardive que la plupart de ces textes, *Sylvie* entretient pourtant avec eux des rapports étroits. « [...] Il n'y a nullement solution de continuité, remarque Marcel Proust, entre Gérard poète et l'auteur de *Sylvie*. » Dans cette édition en volume de *Sylvie*, la nouvelle est suivie des *Chansons et Légendes du Valois*. Tout laisse supposer que Nerval considérait ce recueil de chansons folkloriques comme faisant partie de *Sylvie*. L'intérêt du romantisme et en particulier du romantisme allemand pour la culture populaire a influencé Nerval qui souhaitait rétablir le lien rompu selon lui, en France, entre le folklore et la littérature savante, repliée dans la « tour d'ivoire des poètes » (chapitre I). Nerval a d'abord pensé donner aux *Filles du feu* un titre proche de celui qu'il avait projeté de donner à *Sylvie* : *Les Amours perdues*. La nouvelle devait donc donner le ton du recueil mais l'éditeur du volume en a décidé autrement, imposant à Nerval un titre plus accrocheur. Ce « faux titre » masque peut-être l'intention première de Nerval :

s'adresser à un public « raffiné, auquel sont susceptibles de plaire les récits en demi-teintes, l'atmosphère dix-huitième de *Sylvie* ou le "sentiment doux" du recueil » (Monique Streiff Moretti).

Le Valois ou la genèse d'un écrivain

Le sous-titre de la nouvelle suggère que Nerval puise dans le répertoire des chansons et légendes, mais encore dans des souvenirs personnels du Valois le matériau de sa création : « J'ai voulu illustrer aussi mon Valois », écrit-il à Maurice Sand. Le Valois est le pays de sa famille maternelle. Il a probablement été mis en nourrice dans la région après l'engagement de son père médecin dans les armées napoléoniennes et le départ consécutif de ses parents pour l'est de l'Europe. Son grand-oncle possédait une maison attenant au château et au domaine de Mortefontaine. Le clos Nerval, modeste bien dont l'écrivain avait hérité, situé non loin de là, avait recueilli en 1836 les cendres de sa grand-mère maternelle et de sa tante. On peut comprendre l'attachement durable et profond de Nerval au Valois, qualifié de « terre maternelle » dans *Angélique*, étroitement lié à l'histoire de sa famille et au souvenir de la mère disparue *(Promenades et Souvenirs)*.

Il est par excellence un lieu de mémoire, un monument : dans *Sylvie*, le vestige et l'inscription dans la pierre évoquent le rapport fondamental du Valois à la mémoire et à l'écriture. Autour de la figure primordiale de la mère que les *Promenades et Souvenirs* placent au centre des souvenirs du Valois, gravitent d'autres personnages féminins, cousines, amies, domestiques que l'écrivain a pu prendre pour modèles. Si le Valois a contribué à la naissance de *Sylvie*, cette contrée est d'abord à l'origine de la vocation littéraire de l'écrivain, au point qu'il a totalement identifié son moi artiste à cette terre, empruntant au « clos Nerval » son pseudonyme. Dans *Promenades et Souvenirs* dont le dessein autobiographique est affiché, comme dans *Sylvie*, qui retrace la formation et la quête poétique d'un auteur, le Valois préside à la formation de l'écrivain :

« Livré au soin des domestiques et des paysans, j'avais nourri mon esprit de croyances bizarres, de légendes et de vieilles chansons. Il y avait de quoi faire un poète, et je ne suis qu'un rêveur en prose. »

Promenades et Souvenirs, V.

Naissance ou renaissance d'un écrivain ? La période de création la plus féconde dans la carrière de Nerval est justement le moment où il renoue avec le pays de son enfance. En 1850, 1851 et 1852, Nerval écrit des lettres de Compiègne, de Creil ou de Chantilly. D'autres missives mentionnent des escapades au nord de Paris (voir documents). C'est la naissance de la « nébuleuse du Valois », formée par *Angélique*, *La Bohème galante*, *Les Nuits d'Octobre*, *Sylvie*, *Promenades et Souvenirs*.

Sylvie et la peinture

Là, Nerval vient contempler ou plutôt reconnaître « des tableaux dignes des grands maîtres flamands », des « points de vue aux teintes roses ou bleuâtres dans le ciel, aux arbres à demi-effeuillés » *(Angélique)*. Là, il observe les « détails de mœurs » et recherche l'exactitude de la « description » *(correspondance)*. Deux des principes artistiques de la nouvelle s'affirment : réaliste, précis dans son souci de restituer les coutumes, l'artisanat local, les « parlures », Nerval sait également préserver le mystère des apparitions et des horizons brumeux, en son « petit roman qui n'est pas tout à fait un conte » (« À Maurice Sand, novembre 1853 »). L'art de suggérer stimule l'imaginaire, laisse entrevoir au lecteur les sentiments indicibles, la féerie à laquelle il ne peut plus croire mais peut-être encore rêver. Nerval, nous dit Marcel Proust, « a trouvé le moyen de ne faire que peindre et de donner à son tableau les couleurs de son rêve. » Ayant visité les Pays-Bas et admiré la peinture hollandaise, croyant descendre d'un « peintre flamand du XVIIe siècle » *(Promenades et Souvenirs)*, il a voulu à son tour rivaliser avec le pinceau des plus grands maîtres. Dans une lettre à Maurice Sand, fils de

George Sand, dessinateur, peintre et illustrateur que Nerval sollicite pour illustrer *Sylvie*, il découpe sa nouvelle en autant de tableaux (voir documents).
Maurice Sand n'a pas accompli son vœu mais Nerval nous invite à convoquer d'autres artistes : « La nouvelle vous indiquera suffisamment le genre du paysage qui est celui des Watteau et des Lancret ». Les scènes d'intérieur précises se réfèrent à la peinture et à la nature morte hollandaises. Le portrait mythologique – de Sylvie en nymphe ou du père Dodu en satyre –, les scènes de bal champêtre à la Lancret, les paysages et les scènes costumées à la manière de Watteau (1684-1721), les scènes familiales et sentimentales selon Greuze sont autant de références à la peinture du XVIIIe siècle. L'une de ses affinités avec Watteau consiste sans nul doute dans le goût de la fête galante qui estompe les limites entre l'illusion et la réalité, théâtralise la vie, par un procédé relevant au XIXe siècle de l'ironie romantique. La sensibilité mélancolique de Watteau, le sentiment de l'éphémère, le mystère et le fondu de ses paysages ont probablement séduit le poète. Ce sont autant de traits que l'on retrouve dans ses descriptions ou ses propos. Nerval et ses amis, dont le peintre Charles Émile Wattier (1808-1868) qui s'inspirait de Boucher et de Watteau, ont contribué à remettre à la mode la peinture du XVIIIe siècle. On notera également l'influence réciproque entre Nerval et Corot, qui décora l'appartement de Nerval, impasse du Doyenné. Nerval reprend à Corot les thèmes champêtres et mythologiques chers au XVIIIe siècle (*Diane surprise au bain par Actéon*, 1836 ; *Silène* ; *Le Petit Berger*, 1840). Corot peint en 1849 un *Christ aux Oliviers*, hommage à Nerval et à Vigny. Il affectionne les brumes sur les eaux dormantes, les paysages picards (*Soissons*, 1833 ; *Souvenir de Mortefontaine*, 1864, voir illustration, p. 58). La grâce nostalgique, la rêverie couvrent d'un voile gris argent une série de paysages réalisés vers 1860, brouillant la frontière entre le songe et la vie. Inconditionnel de Watteau parce que ce dernier, loin de dissimuler l'illusionnisme de l'art, le met au premier plan, Nerval rejette l'idée préconçue d'un XVIIIe siècle fidèle à la Nature. La vie ni la nature ne se donnent directement à l'artiste.

« Mais Gérard allait revoir le Valois pour composer *Sylvie* ? Mais oui. La passion croit son objet réel, l'amant de rêve d'un pays veut le voir. Sans cela, on ne serait pas sincère. Gérard est naïf et voyage. Marcel Prévost dit : restons chez nous, c'est un rêve. Mais tout compte fait, il n'y a que l'inexprimable, que ce qu'on croyait ne pas réussir à faire entrer dans un livre qui y reste. C'est quelque chose de vague et d'obsédant comme le souvenir. C'est une atmosphère. L'atmosphère bleuâtre et pourprée de *Sylvie*. Cet inexprimable-là, quand nous ne l'avons pas ressenti nous nous flattons que notre œuvre vaudra celle de ceux qui l'ont ressenti, puisqu'en somme les mots sont les mêmes. Seulement ce n'est pas dans les mots, c'est tout entre les mots, comme la brume d'un matin de Chantilly. »

Marcel Proust, *Contre Sainte-Beuve*, IX, « Gérard de Nerval ».

La culture, l'art, le rêve modifient la vision de l'écrivain qui, parti étudier le Valois, y retrouve les tableaux de Watteau. Ainsi du narrateur qui trouve dans les monuments d'Ermenonville, dans l'art et la poésie du XVIIIe siècle, non le naturel même mais « les traces fugitives d'une époque où le naturel était affecté » (*Sylvie*, chapitre XIV). De fait, le marquis de Girardin, dont Nerval connaissait visiblement le traité (*Composition des paysages*, 1774), avait conçu son parc selon le goût du temps pour le pittoresque et résolu de traiter la nature à la manière des peintres, c'est-à-dire avec un certain artifice. *Sylvie* affiche les procédés par lesquels l'art, la conscience du narrateur transposent et métamorphosent la réalité et la vie.

Un art de la recomposition

Aussi les pistes autobiographiques sur lesquelles on se lance parfois avec enthousiasme sous prétexte que le récit est à la première personne sont-elles trompeuses. Nerval joue avec son reflet et si les deux images, celle du narrateur et celle de l'écrivain, se superposent, elles ne coïncident pas. Comme l'a dit Michel Butor dans ses *Essais sur le roman*, le narrateur n'est « pas une première personne pure. Ce n'est jamais l'auteur lui-même littéralement. Il ne faut pas confondre Robinson et Defoe, Marcel et Proust. Il est lui-même une fiction, mais parmi ce peuple de personnages fictifs, tout naturellement à la troisième personne, il est le représentant de l'auteur, sa *persona* ». Dans l'univers romanesque, la distinction entre les personnes de la grammaire – ici, entre le *je* de l'écrivain et le *il* du narrateur – n'a pas « la raideur qu'elle peut avoir dans la vie quotidienne » (Michel Butor). L'histoire du narrateur n'est donc ni tout à fait celle de l'écrivain, ni tout à fait autre. L'écriture et le travail de la mémoire consistent avant tout à recomposer le vécu : « Pendant que la voiture monte les côtes, recomposons les souvenirs du temps où j'y venais si souvent. » (chapitre III) Le narrateur nous donne ainsi la clé d'un art qui oscille entre l'abandon aux « bizarres combinaisons du songe » (chapitre II) et les sursauts d'une volonté décidée à diriger son « rêve éternel au lieu de le subir ».

Proust a souligné que la nouvelle dénotait « encore trop d'intelligence » et l'on s'accorde à reconnaître que parmi les œuvres de Nerval, c'est celle dont l'architecture est la plus savante. Et si par la bouche de son narrateur, on apprend que ses souvenirs ont été fixés « sans beaucoup d'ordre », on portera ce commentaire au compte des coquetteries d'auteur. Lorsque Nerval publie *Sylvie*, il a cinquante-cinq ans et derrière lui une carrière de critique et d'écrivain bien remplie. Les strates de l'expérience, les connaissances livresques, les spectacles, les voyages nourrissent sa vision du Valois. Un seul exemple suffira à s'en convaincre. Dans Aurélie en amazone (chapitre XIII), on a cru pouvoir identifier la baronne de Feuchères, noble voisine de la famille maternelle. Nerval a bien repris cette initiale pour désigner un autre personnage évoqué à titre de comparaison (Madame de F...). Mais, pour Aurélie elle-même, il s'est surtout inspiré de la scène d'un ballet de l'Opéra dont il a fait la critique en 1844. L'Aurélie de *Sylvie* a donc eu pour modèle un personnage imaginaire et la chevauchée du chapitre XIII est née sur scène. La nouvelle est bien, comme l'a dit Marcel Proust, « le rêve d'un rêve ». Le compte rendu de la pièce dénote des similitudes entre Aurélie et la lady Henriette du ballet, les cheveux blonds, le costume d'amazone, la double identité de la jeune femme.

« Lady Henriette est du nombre, et porte d'une façon charmante le feutre brodé d'or, sur ses épais cheveux blonds. Cette aimable chasseresse s'assied et s'endort, comme Angélique, sur un banc de gazon, près d'un ruisseau. Lyonnel survient, fixe un regard distrait sur la belle égarée, et reconnaît, sous le brillant habit d'amazone, sa servante du marché de Greenwich. »

Nerval est « du nombre des écrivains dont la vie tient intimement aux ouvrages qui les ont fait connaître » *(Promenades et Souvenirs)*. Or l'art était sa vie et il a bien pu mêler à ses souvenirs personnels, dans une nouvelle où la danse est omniprésente, les « tableaux charmants » d'une « marche villageoise » et le décor de ce ballet qu'il a beaucoup admiré (« dans un vrai paysage de Watteau, dit-il, l'île de Lesbos »). *Sylvie* est une véritable mosaïque. Y prennent place aussi bien des observations, des souvenirs personnels que la mémoire artistique et littéraire de l'écrivain, et bien d'autres références, telles que la pastorale ou les œuvres des romantiques allemands – qu'il a lues ou traduites – y sont sollicitées.

Documents

« Je suis depuis quatre mois presque continuellement en voyage. J'écris une description de la province du Valois. De temps en temps je reviens à Paris et je renais à la vie intellectuelle. Mais il est bien meilleur dans le temps où nous vivons de vivre avec les paysans qu'avec les bourgeois de nos villes. »

À Franz Liszt, du Valois, hiver 1851.

« Quand vous m'avez écrit, j'étais dans le Valois faisant le paysage de mon action. J'y repars au premier rayon de soleil. J'ai trouvé de bonnes choses et cela prend du développement. Pour moi, c'est fini ; c'est-à-dire écrit au crayon sur une foule de morceaux de papier, que je n'ai qu'à récrire ; un bon coup de collier de trois ou quatre jours : mais il faut que je reparte pour décrire une chasse à la loutre et pour des détails de mœurs. »

À François Buloz ou Victor de Mars, Paris, août 1852.

« À Creil, je comptais sur le beau temps pour visiter quelques paysages et quelques antiquités et il pleut à verse. J'ai visité hier soir Montataire, où il se trouve une fort belle fonderie de fer et un vieux château d'où l'on découvre des points de vue admirables, quand il fait beau.
Nous avons à Creil la belle fabrique de porcelaine opaque, où je voudrais voir comme autrefois réaliser des choses d'art. Mais ces pays, enclavés dans d'anciens apanages, ont bien de la peine à vivre. Chantilly que je viens de voir périt par suite des conséquences du testament du dernier Condé. Les autres domaines légués à Madame de Feuchères, Saint-Leu et Mortefontaine, contiennent de pauvres habitants qui ne comprennent pas pourquoi ils meurent de faim, dans ces contrées qui furent les anciennes métairies de Charlemagne. »

À *Jules Simon*, Creil, août 1852.

« Mon cher Monsieur,

J'ai écrit il y a trois ou quatre mois un petit roman qui n'est pas tout à fait un conte. C'est intitulé *Sylvie*, et cela a paru dans *La Revue des Deux Mondes* ; peut-être l'aurez-vous lu. Pardon de vous écrire à propos de cela mais voici le fait : je voudrais faire imprimer *Sylvie* dans un petit livre in-8°, avec des illustrations. [...] C'est une sorte d'idylle, dont votre illustre mère est un peu cause par ses bergeries du Berry. J'ai voulu illustrer aussi mon Valois. Il y aurait : – la fête de l'arc dite du bouquet provincial. – un banquet rustique dans un temple à demi-ruiné avec des barques sur le lac, – une scène de reconnaissance à un bal, – une scène chez une vieille tante, où les amoureux se déguisent avec ses habits de noces et ceux de son mari (costumes du temps passé), – une représentation à l'abbaye de Chaalis par les demoiselles d'une pension, qui jouent une pièce religieuse, – une scène d'amour dans les bois, un âne et un petit garçon qui suivent, – un souper dans une ferme avec un vieux paysan qui chante des gaudrioles [...] Il y a encore une scène de comédiens dans la forêt de Chantilly, une danse de jeunes filles sur le parterre d'un château de Henri IV, etc. »

À *Maurice Sand*, Passy, 5 novembre 1853.

Gérard de Nerval.

Sylvie,
Souvenirs du Valois

NERVAL

nouvelle

Publiée pour la première fois
en août 1853

I

Nuit perdue

JE SORTAIS D'UN THÉÂTRE où tous les soirs je paraissais aux avant-scènes[1] en grande tenue de soupirant. Quelquefois, tout était plein, quelquefois, tout était vide. Peu m'importait d'arrêter mes regards sur un parterre[2] peuplé seulement d'une trentaine d'amateurs forcés, sur des loges[3] garnies de bonnets ou de toilettes surannées[4], – ou bien de faire partie d'une salle animée et frémissante, couronnée à tous ses étages de toilettes fleuries, de bijoux étincelants et de visages radieux. Indifférent au spectacle de la salle, celui du théâtre ne m'arrêtait guère, – excepté lorsqu'à la seconde ou à la troisième scène d'un maussade chef-d'œuvre d'alors, une apparition bien connue illuminait l'espace vide, rendant la vie d'un souffle et d'un mot à ces vaines figures qui m'entouraient.

Je me sentais vivre en elle, et elle vivait pour moi seul. Son sourire me remplissait d'une béatitude infinie ; la vibration de sa voix si douce et cependant fortement timbrée me faisait tressaillir de joie et d'amour. Elle avait pour moi toutes les perfections, elle répondait à tous mes enthousiasmes, à tous

1. **Avant-scènes :** loges situées de part et d'autre de la scène et réservées à un public privilégié.
2. **Parterre :** rez-de-chaussée du théâtre, d'abord occupé par un public populaire et placé debout, puis, dès la fin du XVIIIe siècle, garni de banquettes et investi par les connaisseurs. Les spectateurs les plus modestes sont alors relégués au « poulailler » ou « paradis ».
3. **Loges :** au théâtre, compartiments étagés tout autour de la salle. À cette époque, l'étage d'une loge indique le rang social de ses occupants : les plus fortunés occupent les premières et secondes loges. La bourgeoisie modeste se contente des « troisièmes ».
4. **Surannées :** passées de mode.

mes caprices, – belle comme le jour aux feux de la rampe qui l'éclairait d'en bas, pâle comme la nuit, quand la rampe baissée la laissait éclairée d'en haut sous les rayons du lustre et la montrait plus naturelle, brillant dans l'ombre de sa seule beauté, comme les Heures divines qui se découpent, avec une étoile au front, sur les fonds bruns des fresques d'Herculanum[1] !

Depuis un an, je n'avais pas encore songé à m'informer de ce qu'elle pouvait être d'ailleurs ; je craignais de troubler le miroir magique qui me renvoyait son image, – et tout au plus avais-je prêté l'oreille à quelques propos concernant non plus l'actrice, mais la femme. Je m'en informais aussi peu que des bruits qui ont pu courir sur la princesse d'Élide[2] ou sur la reine de Trébizonde[3], – un de mes oncles, qui avait vécu dans les avant-dernières années du XVIIIe siècle, comme il fallait y vivre pour le bien connaître, m'ayant prévenu de bonne heure que les actrices n'étaient pas des femmes, et que la nature avait oublié de leur faire un cœur. Il parlait de celles de ce temps-là sans doute ; mais il m'avait raconté tant d'histoires de ses illusions, de ses déceptions, et montré tant de portraits sur ivoire, médaillons charmants qu'il utilisait depuis à parer des tabatières, tant de billets jaunis, tant de faveurs[4] fanées, en m'en faisant l'histoire et le compte définitif, que je m'étais habitué à penser mal de toutes sans tenir compte de l'ordre des temps.

Nous vivions alors dans une époque étrange[5], comme

---

1. **Herculanum :** proche de Naples, celle ville a été comme Pompéi ensevelie lors de l'éruption du Vésuve en 79 après Jésus-Christ.
2. ***Princesse d'Élide :*** comédie galante de Molière donnée en 1664 pour les « plaisirs de l'île enchantée ».
3. **Reine de Trébizonde :** Trébizonde est située en Turquie. Monime, reine de Trébizonde, épouse de Mithridate VI, est un personnage du *Mithridate* de Racine. À la fin du XVIIIe siècle et au XIXe siècle, la reine de Trébizonde devient une figure de farce et d'opérette.
4. **Faveurs :** preuves d'amour ; étroits rubans de soie unie.
5. **Une époque étrange :** la monarchie de Juillet, entre la révolution de 1830 et la révolution de 1848.

REPÈRES

- Quels sont les personnages du chapitre I (l. 1 à 44) ? Sont-ils nommés et identifiés ?
- En vous appuyant sur des indices relevés dans le passage, dites dans quelle ville et à quelle époque se situe l'action.
- Depuis quand le personnage principal fréquente-t-il ce théâtre ? S'y rend-il par goût pour la pièce qu'on y joue ?

OBSERVATION

- Quelle personne verbale domine le premier chapitre jusqu'à la ligne 44 ?
- Quelle est la valeur de l'imparfait de l'indicatif de la ligne 1 à la ligne 32 ?
- Étudiez le rythme, la construction et les figures de style caractérisant les phrases 2 et 3.
- Quelle figure de style apparaît à la ligne 15 ?
- Quel signe typographique est fréquemment utilisé par Nerval ? Expliquez son rôle dans deux exemples.
- Observez, de la ligne 1 à la ligne 44, les termes employés à plusieurs reprises. Que signifient ces répétitions ?

INTERPRÉTATIONS

- Définissez la place et la fonction du théâtre et de l'art dans le chapitre.

celles qui d'ordinaire succèdent aux révolutions ou aux abaissements des grands règnes. Ce n'était plus la galanterie héroïque comme sous la Fronde[1], le vice élégant et paré comme sous la Régence[2], le scepticisme et les folles orgies du Directoire[3] ; c'était un mélange d'activité, d'hésitation et de paresse, d'utopies brillantes[4], d'aspirations philosophiques ou religieuses, d'enthousiasmes vagues, mêlés de certains instincts de renaissance ; d'ennui des discordes passées, d'espoirs incertains, – quelque chose comme l'époque de Pérégrinus[5] et d'Apulée[6]. L'homme matériel aspirait au bouquet de roses qui devait le régénérer par les mains de la belle Isis ; la déesse éternellement jeune et pure nous apparaissait dans les nuits, et nous faisait honte de nos heures de jour perdues. L'ambition n'était cependant pas de notre âge, et l'avide curée qui se faisait alors[7] des positions et des honneurs nous éloignait des sphères d'activité possibles. Il ne nous restait pour asile que cette tour d'ivoire des poètes, où

1. **La Fronde** : entre 1648 et 1653, pendant la minorité de Louis XIV et la régence de Mazarin, l'agitation du parlement puis celle des princes, les soulèvements populaires à Paris (ou barricades) sont autant de réactions au renforcement du pouvoir royal par Richelieu.

2. **La Régence** : minorité de Louis XV (1715-1723) marquée par une vie de plaisirs, de bals et de libertinage contrastant avec l'austérité propre à la fin du règne de Louis XIV.

3. **Le Directoire (1795-1799)** : comme la Fronde et la Régence, c'est une période de transition. Entre la Révolution française et le consulat de Napoléon Ier, l'enrichissement de quelques spéculateurs, favorisé par la dévaluation, contraste avec la misère populaire qu'aggrave la mauvaise récolte de 1795.

4. **Utopies brillantes** : à la révolution de 1830 succède la monarchie de Juillet qui déçoit la jeunesse et les libéraux, partisans du changement. Mais, vers 1840, la pensée sociale et l'opposition politique renaissent. Des philosophes tels que Pierre Leroux, Proudhon ou Enfantin projettent de changer la société.

5. **Pérégrinus** : sophiste grec, surnommé « Protée » pour la facilité avec laquelle il changeait de doctrine. Il s'immola par le feu en 165 après Jésus-Christ.

6. **Apulée** : auteur de *L'Âne d'or* (IIe siècle après Jésus-Christ). Lucien, le héros, métamorphosé en âne, retrouve son apparence en mangeant des roses consacrées à Isis.

7. **Alors** : après la révolution de 1830.

nous montions toujours plus haut pour nous isoler de la foule. À ces points élevés où nous guidaient nos maîtres, nous respirions enfin l'air pur des solitudes, nous buvions l'oubli dans la coupe d'or des légendes, nous étions ivres de poésie et d'amour. Amour, hélas ! des formes vagues, des teintes roses et bleues, des fantômes métaphysiques[1] ! Vue de près, la femme réelle révoltait notre ingénuité ; il fallait qu'elle apparût reine ou déesse, et surtout n'en pas approcher.

Quelques-uns d'entre nous néanmoins prisaient peu ces paradoxes platoniques[2], et à travers nos rêves renouvelés d'Alexandrie[3] agitaient parfois la torche des dieux souterrains[4], qui éclaire l'ombre un instant de ses traînées d'étincelles. – C'est ainsi que, sortant du théâtre avec l'amère tristesse que laisse un songe évanoui, j'allais volontiers me joindre à la société d'un cercle où l'on soupait en grand nombre, et où toute mélancolie cédait devant la verve intarissable de quelques esprits éclatants, vifs, orageux, sublimes parfois, – tels qu'il s'en est trouvé toujours dans les époques de rénovation ou de décadence, et dont les discussions se haussaient à ce point, que les plus timides d'entre nous allaient voir parfois aux fenêtres si les Huns, les Turcomans ou les Cosaques[5] n'arrivaient pas enfin pour couper court à ces arguments de rhéteurs et de sophistes.

---

1. **Métaphysiques :** abstraits et sans réalité charnelle.
2. **Paradoxes platoniques :** le paradoxe est une idée contraire au sens commun. Aimer une actrice d'amour pur semble une contradiction dans les termes, les comédiennes passant au XIXe siècle pour des femmes légères.
3. **Rêves renouvelés d'Alexandrie :** la philosophie alexandrine s'est développée à partir du IIe siècle après Jésus-Christ, à Alexandrie. Également appelée néoplatonisme, elle a tenté d'unir les philosophies grecque et orientale à la religion chrétienne.
4. Ces dieux sont associés par Nerval, dans *Voyage en Orient*, à la lignée des fils de Caïn, révoltés contre la condition humaine.
5. **Huns, Turcomans, Cosaques :** dans l'imaginaire de l'époque, ces peuples représentent une menace permanente d'invasion et la barbarie opposée à la civilisation. En 1814, les cosaques étaient entrés dans Paris aux côtés des alliés lors de la première capitulation de Napoléon.

« Buvons, aimons, c'est la sagesse ! » Telle était la seule opinion des plus jeunes. Un de ceux-là me dit : « Voici bien longtemps que je te rencontre dans le même théâtre, et chaque fois que j'y vais. Pour *laquelle* y viens-tu ? »

Pour laquelle ?... Il ne me semblait pas que l'on pût aller là pour une *autre*. Cependant j'avouai un nom. « Eh bien ! dit mon ami avec indulgence, tu vois là-bas l'homme heureux qui vient de la reconduire, et qui, fidèle aux lois de notre cercle, n'ira la retrouver peut-être qu'après la nuit. »

Sans trop d'émotion, je tournai les yeux vers le personnage indiqué. C'était un jeune homme correctement vêtu, d'une figure pâle et nerveuse, ayant des manières convenables et des yeux empreints de mélancolie et de douceur. Il jetait de l'or sur une table de whist et le perdait avec indifférence. « Que m'importe, dis-je, lui ou tout autre ? Il fallait qu'il y en eût un, et celui-là me paraît digne d'avoir été choisi. – Et toi ? – Moi ? C'est une image que je poursuis ; rien de plus. »

En sortant, je passai par la salle de lecture, et machinalement je regardai un journal. C'était, je crois, pour y voir le cours de la Bourse. Dans les débris de mon opulence se trouvait une somme assez forte en titres étrangers. Le bruit avait couru que, négligés longtemps, ils allaient être reconnus ; – ce qui venait d'avoir lieu à la suite d'un changement de ministère. Les fonds se trouvaient déjà cotés très haut ; je redevenais riche.

Une seule pensée résulta de ce changement de situation, celle que la femme aimée si longtemps était à moi si je voulais. – Je touchais du doigt mon idéal. N'était-ce pas une illusion encore, une faute d'impression railleuse ? Mais les autres feuilles[1] parlaient de même. – La somme gagnée se

1. **Feuilles** : journaux, périodiques.

dressa devant moi comme la statue d'or de Moloch[1]. « Que dirait maintenant, pensais-je, le jeune homme de tout à l'heure, si j'allais prendre sa place près de la femme qu'il a laissée seule ?... » Je frémis de cette pensée, et mon orgueil se révolta.

Non ! ce n'est pas ainsi, ce n'est pas à mon âge que l'on tue l'amour avec de l'or : je ne serai pas un corrupteur. D'ailleurs ceci est une idée d'un autre temps. Qui me dit aussi que cette femme soit vénale[2] ? – Mon regard parcourait vaguement le journal que je tenais encore, et j'y lus ces deux lignes : « *Fête du bouquet provincial.* – Demain, les archers de Senlis doivent rendre le bouquet[3] à ceux de Loisy. » Ces mots, fort simples, réveillèrent en moi toute une nouvelle série d'impressions ; c'était un souvenir de la province depuis longtemps oubliée, un écho lointain des fêtes naïves de la jeunesse. – Le cor et le tambour résonnaient au loin dans les hameaux et dans les bois ; les jeunes filles tressaient des guirlandes et assortissaient, en chantant, des bouquets ornés de rubans. Un lourd chariot, traîné par des bœufs, recevait ces présents sur son passage, et nous, enfants de ces contrées, nous formions le cortège avec nos arcs et nos flèches, nous décorant du titre de chevaliers, – sans savoir alors que nous ne faisions que répéter d'âge en âge une fête druidique, survivant aux monarchies et aux religions nouvelles.

1. **Moloch (ou Baal)** : dieu adoré à Carthage et à Jérusalem. On lui sacrifiait des victimes humaines et surtout des enfants, brûlés vifs dans une statue de bronze à son effigie. Il symbolise au XIXe siècle les abus de la raison d'État (voir *Salammbô* de Flaubert), mais aussi les excès de la propriété (Proudhon) et le culte de l'enrichissement.
2. **Vénale** : qui se laisse acheter.
3. **Rendre le bouquet** : dans le Valois, les compagnies d'archers échangeaient rituellement des bouquets.

REPÈRES

• Comment s'opère la transition entre le début du chapitre et le quatrième paragraphe ?
• Expliquez l'expression « l'homme heureux qui vient de la reconduire » (l. 92-93).
• Analysez la composition de la dernière partie du chapitre I (l. 86-139) et proposez un titre pour chacune des séquences.

OBSERVATION

• Quel pronom est souvent employé dans ce passage ? Que recouvre-t-il ?
• Par quel moyens le narrateur dépeint-il l'esprit de son temps ? Quels sont les traits essentiels de son époque ?
• Qui est Isis ?
• Qu'est-ce que « L'homme matériel » (l. 55) ?
• Analysez l'expression « la coupe d'or des légendes » (l. 66).
• Cherchez dans le texte un synonyme de « l'amère tristesse » (l. 75-76).
• Commentez la réaction du rival du narrateur lorsqu'il perd au jeu.
• Comparez ce comportement avec l'attitude du narrateur face à son rival.
• On emploie le mot « image » pour représenter la femme aimée. Peut-on le rapprocher d'autres expressions ?
• Commentez la proposition « [...] la femme aimée si longtemps était à moi si je voulais. » (l. 112-113).
• Étudiez les pronoms personnels de la ligne 124 à la ligne 139.

INTERPRÉTATIONS

• Définissez la communauté désignée par le pronom « nous ».
• Que déclenche dans l'esprit du narrateur la mention « Fête du bouquet provincial » ?

II

Adrienne

JE REGAGNAI MON LIT et je ne pus y trouver le repos. Plongé dans une demi-somnolence, toute ma jeunesse repassait en mes souvenirs. Cet état, où l'esprit résiste encore aux bizarres combinaisons du songe, permet souvent de voir se presser en quelques minutes les tableaux les plus saillants d'une longue période de la vie.

Je me représentais un château du temps de Henri IV[1], avec ses toits pointus couverts d'ardoises et sa face rougeâtre aux encoignures dentelées de pierres jaunies, une grande place verte encadrée d'ormes et de tilleuls, dont le soleil couchant perçait le feuillage de ses traits enflammés. Des jeunes filles dansaient en rond sur la pelouse en chantant de vieux airs transmis par leurs mères, et d'un français si naturellement pur, que l'on se sentait bien exister dans ce vieux pays du Valois, où, pendant plus de mille ans, a battu le cœur de la France.

J'étais le seul garçon dans cette ronde, où j'avais amené ma compagne toute jeune encore, Sylvie, une petite fille du hameau voisin, si vive et si fraîche, avec ses yeux noirs, son profil régulier et sa peau légèrement hâlée !... Je n'aimais qu'elle, je ne voyais qu'elle, – jusque-là ! À peine avais-je remarqué, dans la ronde où nous dansions, une blonde, grande et belle, qu'on appelait Adrienne. Tout d'un coup,

1. **Un château du temps de Henri IV** : il s'agit sans doute d'une vision synthétique qui unit dans le demi-sommeil du narrateur deux édifices bien connus de Nerval, le château de Mortefontaine et celui de Saint-Germain. Le poème « Fantaisie » brosse un paysage similaire.

suivant les règles de la danse, Adrienne se trouva placée seule avec moi au milieu du cercle. Nos tailles étaient pareilles. On nous dit de nous embrasser, et la danse et le chœur tournaient plus vivement que jamais. En lui donnant ce baiser, je ne pus m'empêcher de lui presser la main. Les longs anneaux roulés de ses cheveux d'or effleuraient mes joues. De ce moment, un trouble inconnu s'empara de moi. – La belle devait chanter pour avoir le droit de rentrer dans la danse. On s'assit autour d'elle, et aussitôt, d'une voix fraîche et pénétrante, légèrement voilée, comme celle des filles de ce pays brumeux, elle chanta une de ces anciennes romances[1] pleines de mélancolie et d'amour, qui racontent toujours les malheurs d'une princesse enfermée dans sa tour par la volonté d'un père qui la punit d'avoir aimé. La mélodie se terminait à chaque stance[2] par ces trilles[3] chevrotants que font valoir si bien les voix jeunes, quand elles imitent par un frisson modulé la voix tremblante des aïeules.

À mesure qu'elle chantait, l'ombre descendait des grands arbres, et le clair de lune naissant tombait sur elle seule, isolée de notre cercle attentif. – Elle se tut, et personne n'osa rompre le silence. La pelouse était couverte de faibles vapeurs condensées, qui déroulaient leurs blancs flocons sur les pointes des herbes. Nous pensions être en paradis. – Je me levai enfin, courant au parterre du château, où se trouvaient des lauriers, plantés dans de grands vases de faïence peints en camaïeu[4]. Je rapportai deux branches, qui furent tressées en couronne et nouées d'un ruban. Je posai sur la tête d'Adrienne cet ornement, dont les feuilles lustrées éclataient

1. **Romances** : récits en vers d'une histoire simple et naïve, destinés à être chantés.
2. **Stance** : groupe de vers formant un sens complet et suivi d'un repos (de l'italien *stanzia* : arrêt).
3. **Trilles** : mot masculin. Battements ininterrompus sur deux notes voisines.
4. **Camaïeu** : en peinture, usage d'une couleur unique en dégradé.

sur ses cheveux blonds, aux rayons pâles de la lune. Elle ressemblait à la Béatrice[1] de Dante[2], qui sourit au poète errant sur la lisière des saintes demeures.

Adrienne se leva. Développant sa taille élancée, elle nous fit un salut gracieux, et rentra en courant dans le château. – C'était, nous dit-on, la petite-fille de l'un des descendants d'une famille alliée aux anciens rois de France ; le sang des Valois coulait dans ses veines. Pour ce jour de fête, on lui avait permis de se mêler à nos jeux ; nous ne devions plus la revoir, car le lendemain, elle repartit pour un couvent où elle était pensionnaire.

Quand je revins près de Sylvie, je m'aperçus qu'elle pleurait. La couronne donnée par mes mains à la belle chanteuse était le sujet de ses larmes. Je lui offris d'en aller cueillir une autre, mais elle dit qu'elle n'y tenait nullement, ne la méritant pas. Je voulus en vain me défendre, elle ne me dit plus un seul mot pendant que je la reconduisais chez ses parents.

Rappelé moi-même à Paris pour y reprendre mes études, j'emportai cette double image d'une amitié tendre tristement rompue, – puis d'un amour impossible et vague, source de pensées douloureuses que la philosophie de collège était impuissante à calmer.

La figure d'Adrienne resta seule triomphante, – mirage de la gloire et de la beauté, adoucissant ou partageant les heures des sévères études. Aux vacances de l'année suivante, j'appris que cette belle à peine entrevue était consacrée par sa famille à la vie religieuse.

---

1. **Béatrice :** dame italienne (XIIIe siècle) dont il est question dans la *Vita nuova* de Dante. Épris d'elle dès l'enfance, Dante conçut pour elle une passion platonique. Dans *La Divine Comédie*, elle guide l'âme du poète vers le salut.
2. **Dante :** écrivain florentin (1265-1321), créateur de la langue et de la littérature italiennes, auteur de poèmes (les *Rimes*), d'une autobiographie romancée (la *Vita nuova*) et d'une vaste épopée (*La Divine Comédie*). Béatrice, femme réelle croisée par le poète au début de sa neuvième année, devint l'objet d'une passion silencieuse confinant à la religiosité.

REPÈRES

• Le chapitre II est un drame en miniature. Quels en sont les principaux protagonistes ?
• Quel paragraphe résume l'intrigue ? À votre tour, résumez le chapitre.

OBSERVATION

• Étudiez la construction de la deuxième phrase. Cette construction correspond à une figure de style. Laquelle ? Pourquoi cette figure ?
• Comparez point par point Sylvie et Adrienne.
• Que penser de l'affirmation de la ligne 17 (« J'étais le seul garçon dans cette ronde ») ?
• Le choix de la romance chantée par Adrienne est-il significatif ?

INTERPRÉTATIONS

• En étudiant les gestes, le rôle des objets et de l'espace, mais aussi la double intrigue qui se dénoue ici, mettez en évidence l'aspect scénique de ce « tableau ».
• Quels sont les arts convoqués par Nerval dans ce chapitre ?

III

Résolution

TOUT M'ÉTAIT EXPLIQUÉ par ce souvenir à demi rêvé. Cet amour vague et sans espoir, conçu pour une femme de théâtre, qui tous les soirs me prenait à l'heure du spectacle, pour ne me quitter qu'à l'heure du sommeil, avait son germe dans le souvenir d'Adrienne, fleur de la nuit éclose à la pâle clarté de la lune, fantôme rose et blond glissant sur l'herbe verte à demi baignée de blanches vapeurs. – La ressemblance d'une figure oubliée depuis des années se dessinait désormais avec une netteté singulière ; c'était un crayon estompé[1] par le temps qui se faisait peinture, comme ces vieux croquis de maître admirés dans un musée, dont on retrouve ailleurs l'original éblouissant.

Aimer une religieuse sous la forme d'une actrice !... et si c'était la même ! – Il y a de quoi devenir fou ! c'est un entraînement fatal où l'inconnu vous attire comme le feu follet[2] fuyant sur les joncs d'une eau morte... Reprenons pied sur le réel.

Et Sylvie, que j'aimais tant, pourquoi l'ai-je oubliée depuis trois ans ?... C'était une bien jolie fille, et la plus belle de Loisy.

Elle existe, elle, bonne et pure de cœur sans doute. Je revois sa fenêtre où le pampre[3] s'enlace au rosier, la cage de fau-

1. **Crayon estompé :** dessin au crayon dont les contours sont flous.
2. **Feu follet :** flamme en mouvement due à la combustion spontanée de gaz, tout particulièrement dans les marécages et les cimetières. Les esprits superstitieux croyaient reconnaître dans ces feux la manifestation nocturne d'une âme en peine.
3. **Pampre :** cep de vigne avec ses feuilles et ses grappes.

vettes suspendue à gauche ; j'entends le bruit de ses fuseaux[1] sonores et sa chanson favorite :

La belle était assise
Près du ruisseau coulant...

Elle m'attend encore... Qui l'aurait épousée ? Elle est si pauvre !

Dans son village et dans ceux qui l'entourent, de bons paysans en blouse, aux mains rudes, à la face amaigrie, au teint hâlé ! Elle m'aimait seul, moi, le petit Parisien, quand j'allais voir près de Loisy mon pauvre oncle, mort aujourd'hui. Depuis trois ans, je dissipe en seigneur le bien modeste qu'il m'a laissé et qui pouvait suffire à ma vie. Avec Sylvie, je l'aurais conservé. Le hasard m'en rend une partie. Il est temps encore.

À cette heure, que fait-elle ? Elle dort... Non, elle ne dort pas ; c'est aujourd'hui la fête de l'arc, la seule de l'année où l'on danse toute la nuit. – Elle est à la fête...

Quelle heure est-il ?

Je n'avais pas de montre.

Au milieu de toutes les splendeurs de bric-à-brac qu'il était d'usage de réunir à cette époque pour restaurer dans sa couleur locale un appartement d'autrefois, brillait d'un éclat rafraîchi une de ces pendules d'écaille de la Renaissance, dont le dôme doré surmonté de la figure du Temps est supporté par des cariatides[2] du style Médicis, reposant à leur tour sur des chevaux à demi cabrés. La Diane historique, accoudée sur son cerf, est en bas-relief[3] sous le cadran, où s'étalent sur un fond niellé[4] les chiffres émaillés des heures. Le mouvement, excellent sans doute, n'avait pas été remonté depuis

1. **Fuseau :** petit instrument arrondi dont on se sert pour réaliser dentelle ou passementerie de soie.
2. **Cariatides :** statues de femmes soutenant une corniche sur leur tête.
3. **Bas-relief :** sculpture détachée d'un fond par une faible saillie.
4. **Niellé :** orné d'incrustations en émail noir.

deux siècles. – Ce n'était pas pour savoir l'heure que j'avais acheté cette pendule en Touraine.

Je descendis chez le concierge. Son coucou marquait une heure du matin. « En quatre heures, me dis-je, je puis arriver au bal de Loisy. » Il y avait encore sur la place du Palais-Royal cinq ou six fiacres stationnant pour les habitués des cercles et des maisons de jeu : « À Loisy ! dis-je au plus apparent. – Où cela est-il ? – Près de Senlis, à huit lieues[1]. – Je vais vous conduire à la poste[2] », dit le cocher, moins préoccupé que moi.

Quelle triste route, la nuit, que cette route de Flandre, qui ne devient belle qu'en atteignant la zone des forêts ! Toujours ces deux files d'arbres monotones qui grimacent des formes vagues : au-delà, des carrés de verdure et de terres remuées, bornés à gauche par les collines bleuâtres de Montmorency, d'Écouen, de Luzarches. Voici Gonesse, le bourg vulgaire plein des souvenirs de la Ligue[3] et de la Fronde...

Plus loin que Louvres est un chemin bordé de pommiers dont j'ai vu bien des fois les fleurs éclater dans la nuit comme des étoiles de la terre : c'était le plus court pour gagner les hameaux. – Pendant que la voiture monte les côtes, recomposons les souvenirs du temps où j'y venais si souvent.

---

1. **Lieue** : environ 4 km.
2. **Poste** : relais disposés régulièrement le long des routes afin de renouveler les attelages. Véhicule rapide (chaise de poste) destiné au transport des voyageurs ou du courrier.
3. **La Ligue** : union du parti catholique, formée en 1576, elle s'est opposée avec vigueur à certains avantages accordés aux protestants. C'est aussi le nom de la guerre civile qui en a découlé jusqu'en 1593. La ligue de Picardie était l'une des plus importantes.

REPÈRES

• Expliquez le titre du chapitre.
• Quel rôle joue le premier paragraphe, à l'égard des chapitres I et II ?

OBSERVATION

• Quel nom donner à l'expression « fleur de la nuit éclose à la pâle clarté de la lune » (l. 5-6) ? De quel passage, situé dans le chapitre III, pourriez-vous la rapprocher ?
• Expliquez l'expression « fantôme rose et blond » (l. 6).
• Étudiez les temps et l'énonciation dans les paragraphes 1 à 3.
• Expliquez le temps et le mode des citations suivantes : « Reprenons pied sur le réel » (l. 16-17) et « recomposons les souvenirs du temps où j'y venais si souvent » (l. 72-73).

INTERPRÉTATIONS

• L'absence de montre et l'arrêt de la pendule sont-ils des détails sans importance ? Faut-il au contraire leur prêter un sens et dans ce cas lequel ?
• À la fin du chapitre, le narrateur a-t-il « repris pied sur le réel » ?

Trois chapitres, trois femmes

La partie parisienne de *Sylvie* présente les trois figures féminines autour desquelles s'agence le récit. Le premier chapitre est consacré à Aurélie, dernier amour du narrateur au moment où il relate son histoire. Le deuxième chapitre met en lumière Adrienne, amour d'enfance et d'adolescence. Enfin, le troisième chapitre est dévolu à Sylvie, premier amour du « petit Parisien ». À l'image du volet parisien de *Sylvie*, la composition de la nouvelle repose sur ces trois « cariatides » (chap. III, l.47), trois figures parmi lesquelles Adrienne joue un rôle central.

Le temps traversé

Régressif, le récit remonte du dernier au premier amour. La pendule arrêtée, l'absence de montre sont à l'image d'une conscience qui ne perçoit plus le temps à l'aune de la raison ordinaire mais le parcourt, le concentre ou le dilate à volonté. Les quelques heures de cette soirée parisienne condensent bien des souvenirs. La mémoire confond et superpose les époques, les images féminines. Le narrateur se plaît à rapprocher les périodes de l'Histoire les plus éloignées et en appelle à la renaissance des religions antiques. Le personnage démêle avec peine « l'ordre des temps » et se révèle prompt à déceler la « ressemblance », à reconnaître un principe unique au-delà de la multiplicité des apparences et des masques (« Aimer une religieuse sous la forme d'une actrice! ... et si c'était la même ! », chap. III, l. 13-14).

Peinture, théâtre

Les états intermédiaires, transe du spectateur, « demi-somnolence » (chap. II, l. 2) ou, plus loin, « ébranlement nerveux du voyage » (Proust) favorisent le brouillage des temps. Ses « souvenir[s] à demi rêvé[s] » (chap. III, l. 1), l'artiste les fixe en demi-teintes, en subtiles nuances de camaïeux. Le temps a estompé les contours de ces tableaux aux couleurs vaporisées par les brumes comme il a atténué les voix dont on ne perçoit plus que l'accent ou le timbre voilé. Si le souvenir esthétise le passé, l'imaginaire le recompose sous la forme du drame ou du ballet.

IV

Un voyage à Cythère

QUELQUES ANNÉES s'étaient écoulées : l'époque où j'avais rencontré Adrienne devant le château n'était déjà plus qu'un souvenir d'enfance. Je me retrouvai à Loisy au moment de la fête patronale. J'allai de nouveau me joindre aux chevaliers de l'arc, prenant place dans la compagnie dont j'avais fait partie déjà. Des jeunes gens appartenant aux vieilles familles qui possèdent encore là plusieurs de ces châteaux perdus dans les forêts, qui ont plus souffert du temps que des révolutions, avaient organisé la fête. De Chantilly, de Compiègne et de Senlis accouraient de joyeuses cavalcades qui prenaient place dans le cortège rustique des compagnies de l'arc. Après la longue promenade à travers les villages et les bourgs, après la messe à l'église, les luttes d'adresse et la distribution des prix, les vainqueurs avaient été conviés à un repas qui se donnait dans une île ombragée de peupliers et de tilleuls, au milieu de l'un des étangs alimentés par la Nonette et la Thève. Des barques pavoisées[1] nous conduisirent à l'île, – dont le choix avait été déterminé par l'existence d'un temple ovale à colonnes qui devait servir de salle pour le festin. Là, comme à Ermenonville, le pays est semé de ces édifices légers de la fin du XVIIIe siècle, où des millionnaires philosophes se sont inspirés dans leurs plans du goût dominant d'alors. Je crois bien que ce temple avait dû être primitivement dédié à Uranie[2]. Trois colonnes avaient succombé emportant dans leur

1. **Pavoisées :** décorées, ornées.
2. **Uranie :** muse de l'astronomie. Vénus Uranie : la Vénus céleste.

L'Embarquement pour Cythère. *Motif central du tableau d'Antoine Watteau (1684-1721). Musée du Louvre, Paris.*

chute une partie de l'architrave[1] ; mais on avait déblayé l'intérieur de la salle, suspendu des guirlandes entre les colonnes, on avait rajeuni cette ruine moderne, – qui appartenait au paganisme de Boufflers ou de Chaulieu plutôt qu'à celui d'Horace[2].

La traversée du lac avait été imaginée peut-être pour rappeler le *Voyage à Cythère* de Watteau[3]. Nos costumes modernes dérangeaient seuls l'illusion. L'immense bouquet de la fête, enlevé du char qui le portait, avait été placé sur une grande barque : le cortège des jeunes filles vêtues de blanc qui l'accompagnent selon l'usage avait pris place sur les bancs, et cette gracieuse *théorie*[4] renouvelée des jours antiques se reflétait dans les eaux calmes de l'étang qui la séparait du bord de l'île si vermeil aux rayons du soir avec ses halliers d'épine[5], sa colonnade et ses clairs feuillages. Toutes les barques abordèrent en peu de temps. La corbeille portée en cérémonie occupa le centre de la table, et chacun prit place, les plus favorisés auprès des jeunes filles : il suffisait pour cela d'être connu de leurs parents. Ce fut la cause qui fit que je me retrouvai près de Sylvie. Son frère m'avait déjà rejoint dans la fête, il me fit la guerre de n'avoir pas depuis longtemps rendu visite à sa famille. Je m'excusai sur mes études, qui me retenaient à Paris, et l'assurai que j'étais venu dans cette intention. « Non, c'est moi qu'il a oubliée, dit Sylvie. Nous sommes des gens de village, et Paris est si au-dessus ! »

1. **Architrave :** en architecture, partie d'un bâtiment reposant directement sur les colonnes.
2. Le poète latin Horace (Ier siècle av. J.-C.) est l'auteur de la fameuse formule épicurienne *carpe diem* (« profite du jour qui passe »). Le chevalier de Boufflers (1738-1815) a produit des contes et des poésies légères ; quant à l'abbé de Chaulieu (1639-1720), il est l'auteur de poèmes érotiques. D'où l'allusion au paganisme, la religion des non-chrétiens.
3. ***L'Embarquement pour Cythère* (1717)** : tableau du peintre français Antoine Watteau. Île vouée à la déesse Aphrodite, Cythère passe dans la littérature et la peinture pour le pays de l'amour et du plaisir.
4. **Théorie :** cortège solennel.
5. **Halliers d'épine :** massifs de buissons épineux.

Je voulus l'embrasser pour lui fermer la bouche ; mais elle me boudait encore, et il fallut que son frère intervînt pour qu'elle m'offrît sa joue d'un air indifférent. Je n'eus aucune joie de ce baiser, dont bien d'autres obtenaient la faveur, car dans ce pays patriarcal[1], où l'on salue tout homme qui passe, un baiser n'est autre chose qu'une politesse entre bonnes gens.

Une surprise avait été arrangée par les ordonnateurs de la fête. À la fin du repas, on vit s'envoler du fond de la vaste corbeille un cygne sauvage, jusque-là captif sous les fleurs, qui, de ses fortes ailes, soulevant le lacis[2] de guirlandes et de couronnes, finit par les disperser de tous côtés. Pendant qu'il s'élançait joyeux vers les dernières lueurs du soleil, nous rattrapions au hasard les couronnes dont chacun parait aussitôt le front de sa voisine. J'eus le bonheur de saisir une des plus belles, et Sylvie, souriante, se laissa embrasser cette fois plus tendrement que l'autre. Je compris que j'effaçais ainsi le souvenir d'un autre temps. Je l'admirai cette fois sans partage, elle était devenue si belle ! Ce n'était plus cette petite fille de village que j'avais dédaignée pour une plus grande et plus faite[3] aux grâces du monde. Tout en elle avait gagné ; le charme de ses yeux noirs, si séduisants dès son enfance, était devenu irrésistible : sous l'orbite arquée de ses sourcils, son sourire, éclairant tout à coup des traits réguliers et placides[4], avait quelque chose d'athénien. J'admirais cette physionomie digne de l'art antique au milieu des minois chiffonnés de ses compagnes. Ses mains délicatement allongées, ses bras qui avaient blanchi en s'arrondissant, sa taille dégagée la faisaient tout autre que je ne l'avais vue. Je ne pus m'empêcher de lui

1. **Patriarcal :** qui rappelle le temps des patriarches, la paix et la simplicité des temps bibliques.
2. **Lacis :** entrelacement, réseau.
3. **Faite :** accoutumée.
4. **Placides :** doux et sereins.

dire combien je la trouvais différente d'elle-même, espérant couvrir[1] ainsi mon ancienne et rapide infidélité.

Tout me favorisait d'ailleurs, l'amitié de son frère, l'impression charmante de cette fête, l'heure du soir et le lieu même où, par une fantaisie pleine de goût, on avait reproduit une image des galantes solennités d'autrefois. Tant que nous pouvions, nous échappions à la danse pour causer de nos souvenirs d'enfance et pour admirer en rêvant à deux les reflets du ciel sur les ombrages et sur les eaux. Il fallut que le frère de Sylvie nous arrachât à cette contemplation en disant qu'il était temps de retourner au village assez éloigné qu'habitaient ses parents.

1. **Couvrir** : effacer, réparer (sens vieilli).

REPÈRES

- À quelle période de la vie du narrateur correspond cet épisode ?
- Comment les rapports de Sylvie et du personnage principal évoluent-ils au cours du chapitre ?

OBSERVATION

- Étudiez l'espace. Que nous dit la topographie des lieux ?
- Commentez l'expression « ces châteaux perdus dans les forêts, qui ont plus souffert du temps que des révolutions » (l. 7-8) en la rapprochant des traditions que retrace Nerval au début du chapitre.
- Relevez les différentes expressions où apparaît le mot « village » dans les paragraphes 2 et 3.
- Quelle vision de la campagne ces expressions reflètent-elles ?
- De quelle scène ce tableau est-il explicitement rapproché ?
- Après avoir consulté un ou plusieurs dictionnaire(s) des symboles, dites ce que représente l'arc dans le passage.

INTERPRÉTATIONS

- Quelles sont les particularités du « pays patriarcal » évoqué par le narrateur ?
- Place et fonction de Vénus dans ce chapitre.

V

Le village

C'ÉTAIT À LOISY, dans l'ancienne maison du garde. Je les conduisis jusque-là, puis je retournai à Montagny, où je demeurais chez mon oncle. En quittant le chemin pour traverser un petit bois qui sépare Loisy de Saint-S..., je ne tardai pas à m'engager dans une *sente*[1] profonde qui longe la forêt d'Ermenonville ; je m'attendais ensuite à rencontrer les murs d'un couvent qu'il fallait suivre pendant un quart de lieue. La lune se cachait de temps à autre sous les nuages, éclairant à peine les roches de grès sombre et les bruyères, qui se multipliaient sous mes pas. À droite et à gauche, des lisières de forêt sans routes tracées, et toujours, devant moi, ces roches druidiques de la contrée qui gardent le souvenir des fils d'Armen[2] exterminés par les Romains ! Du haut de ces entassements sublimes, je voyais les étangs lointains se découper comme des miroirs sur la plaine brumeuse, sans pouvoir distinguer celui même où s'était passée la fête.

L'air était tiède et embaumé ; je résolus de ne pas aller plus loin et d'attendre le matin, en me couchant sur des touffes de bruyères. – En me réveillant, je reconnus peu à peu les points voisins du lieu où je m'étais égaré dans la nuit. À ma gauche, je vis se dessiner la longue ligne des murs du couvent de Saint-S..., puis de l'autre côté de la vallée, la butte aux

1. **Sente :** vieilli et d'usage régional, ce terme désigne un sentier.
2. **Armen :** du latin *Arminius* (Hermann en allemand), chef des peuplades germaniques révolté contre l'occupant romain. Ermenonville viendrait en réalité d'Irminon, nom d'un évêque de Senlis qui établit sa résidence d'été dans ce pays. À l'exactitude historique, Nerval préfère la référence littéraire à un vieux chant de guerre (bardit) qu'il a traduit et dans lequel les Romains sont aux prises avec les Germains.

Souvenir de Mortefontaine *(détail), tableau de Corot.*
Musée du Louvre, Paris.

Gens-d'Armes, avec les ruines ébréchées de l'antique résidence carlovingienne[1]. Près de là, au-dessus des touffes de bois, les hautes masures[2] de l'abbaye de Thiers découpaient sur l'horizon leurs pans de muraille percés de trèfles et d'ogives[3]. Au-delà, le manoir gothique de Pontarmé, entouré d'eau comme autrefois, refléta bientôt les premiers feux du jour, tandis qu'on voyait se dresser au midi le haut donjon de la Tournelle et les quatre tours de Bertrand-Fosse sur les premiers coteaux de Montméliant.

Cette nuit m'avait été douce, je ne songeais qu'à Sylvie : cependant l'aspect du couvent me donna un instant l'idée que c'était celui peut-être qu'habitait Adrienne. Le tintement de la cloche du matin était encore dans mon oreille, et m'avait sans doute réveillé. J'eus un instant l'idée de jeter un coup d'œil par-dessus les murs en gravissant la plus haute pointe des rochers ; mais en y réfléchissant, je m'en gardai comme d'une profanation. Le jour en grandissant chassa de ma pensée ce vain souvenir et n'y laissa plus que les traits rosés de Sylvie. « Allons la réveiller », me dis-je, et je repris le chemin de Loisy.

Voici le village au bout de la sente qui côtoie la forêt : vingt chaumières dont la vigne et les roses grimpantes festonnent[4] les murs. Des fileuses matinales, coiffées de mouchoirs rouges, travaillent, réunies devant une ferme. Sylvie n'est point avec elles. C'est presque une demoiselle depuis qu'elle exécute de fines dentelles, tandis que ses parents sont restés de bons villageois. – Je suis monté à sa chambre sans étonner personne ; déjà levée depuis longtemps, elle agitait les fuseaux

1. **Carlovingienne :** qui appartient à la deuxième dynastie des rois de France, formée des descendants de Pépin le Bref et de Charlemagne. On dit plutôt aujourd'hui « carolingienne ».
2. **Masures :** habitations misérables ou délabrées. Nerval use moins de ce terme dans un sens péjoratif qu'en référence à l'adjectif « masuré » qui, dans le domaine du blason, désigne un château ou une tour en ruines.
3. **Ogives :** arcs soutenant une voûte.
4. **Festonnent :** bordent d'une guirlande.

de sa dentelle, qui claquaient avec un doux bruit sur le carreau[1] vert que soutenaient ses genoux. « Vous voilà, paresseux ! dit-elle avec son sourire divin, je suis sûre que vous sortez seulement de votre lit ! » Je lui racontai ma nuit passée sans sommeil, mes courses égarées à travers les bois et les roches. Elle voulut bien me plaindre un instant. « Si vous n'êtes pas fatigué, je vais vous faire courir encore. Nous irons voir ma grand-tante à Othys. » J'avais à peine répondu, qu'elle se leva joyeusement, arrangea ses cheveux devant un miroir et se coiffa d'un chapeau de paille rustique. L'innocence et la joie éclataient dans ses yeux. Nous partîmes en suivant les bords de la Thève, à travers les prés semés de marguerites et de boutons-d'or, puis le long des bois de Saint-Laurent, franchissant parfois les ruisseaux et les halliers pour abréger la route. Les merles sifflaient dans les arbres, et les mésanges s'échappaient joyeusement des buissons frôlés par notre marche.

Parfois nous rencontrions sous nos pas les pervenches si chères à Rousseau[2], ouvrant leurs corolles bleues parmi ces longs rameaux de feuilles accouplées, lianes modestes qui arrêtaient les pieds furtifs de ma compagne. Indifférente aux souvenirs du philosophe genevois, elle cherchait çà et là les fraises parfumées, et moi, je lui parlais de *la Nouvelle Héloïse*[3], dont je récitais par cœur quelques passages. « Est-ce que c'est joli ? dit-elle. – C'est sublime. – Est-ce mieux qu'Auguste Lafontaine[4] ? – C'est plus tendre. – Oh ! bien, dit-elle, il faut que je lise cela. Je dirai à mon frère de me l'apporter, la première fois qu'il ira à Senlis. » Et je continuais à réciter des fragments de l'*Héloïse*, pendant que Sylvie cueillait des fraises.

---

1. **Carreau** : coussin de dentellière.
2. **Rousseau (Jean-Jacques, 1712-1778)** : écrivain et philosophe. La pervenche évoquée dans *Les Confessions* éveille ses souvenirs.
3. ***Julie ou La Nouvelle Héloïse*** : roman de Jean-Jacques Rousseau consacrant la vogue du roman épistolaire au XVIIIe siècle ainsi que l'engouement pour la nature et les vertus de la vie de province.
4. **Auguste Lafontaine (1758-1831)** : auteur allemand très fécond, populaire pour ses romans exaltant les sentiments et la vertu.

REPÈRES

- Le début du chapitre V est-il dans le ton et dans l'esprit du chapitre précédent ?
- À quel moment du jour et de la nuit l'action se déroule-t-elle ?
- Quelle incidence cela a-t-il sur la construction du chapitre ?
- Qui, de Sylvie ou du narrateur, conduit l'action et se trouve au premier plan ?

OBSERVATION

- Expliquez la phrase : « Elle voulut bien me plaindre un instant. » (l. 56).
- Étudiez les temps au paragraphe 4.
- Comment le discours est-il introduit au paragraphe 4 ?
- Les deux personnages sont-ils en harmonie à la fin du chapitre ?

INTERPRÉTATIONS

- Étudiez les couleurs dans l'ensemble du chapitre.
- Parmi les cinq sens (vue, ouïe, tact, olfaction, goût), quels sont ceux que Nerval sollicite dans ce chapitre ?

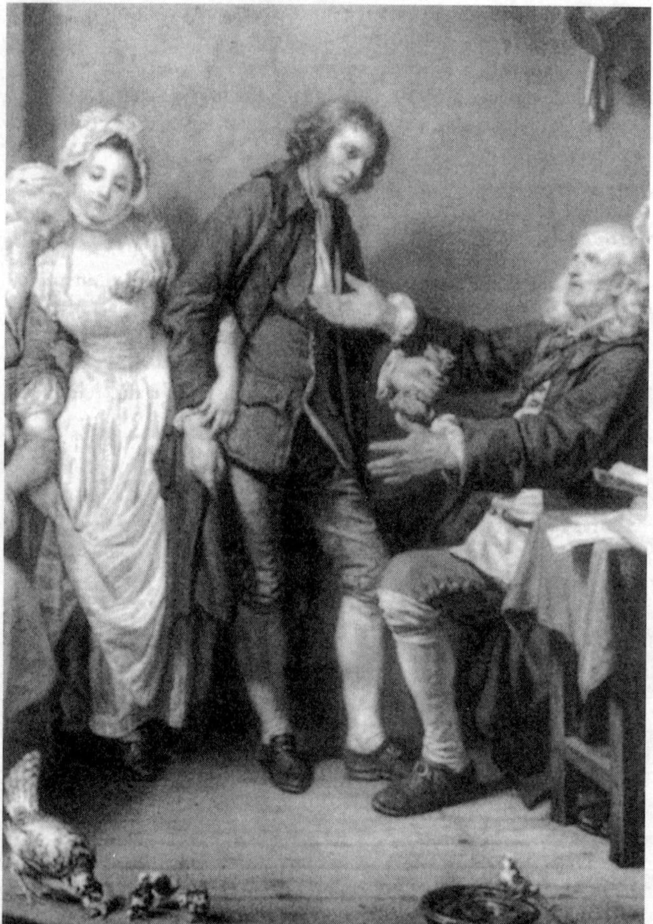

L'Accordée de village *(détail),*
tableau de Jean-Baptiste Greuze (1725-1805).
Musée du Louvre, Paris.

VI

Othys

Au sortir du bois, nous rencontrâmes de grandes touffes de digitale[1] pourprée ; elle en fit un énorme bouquet en me disant : « C'est pour ma tante : elle sera si heureuse d'avoir ces belles fleurs dans sa chambre. » Nous n'avions plus qu'un bout de plaine à traverser pour gagner Othys. Le clocher du village pointait sur les coteaux bleuâtres qui vont de Montméliant à Dammartin. La Thève bruissait de nouveau parmi les grès et les cailloux, s'amincissant au voisinage de sa source, où elle se repose dans les prés, formant un petit lac au milieu des glaïeuls et des iris. Bientôt nous gagnâmes les premières maisons. La tante de Sylvie habitait une petite chaumière bâtie en pierres de grès inégales que revêtaient des treillages de houblon et de vigne vierge ; elle vivait seule de quelques carrés de terre que les gens du village cultivaient pour elle depuis la mort de son mari. Sa nièce arrivant, c'était le feu dans la maison. « Bonjour, la tante ! Voici vos enfants ! dit Sylvie ; nous avons bien faim ! » Elle l'embrassa tendrement, lui mit dans les bras la botte de fleurs, puis songea enfin à me présenter, en disant : « C'est mon amoureux ! »

J'embrassai à mon tour la tante qui dit : « Il est gentil... C'est donc un blond !... – Il a de jolis cheveux fins, dit Sylvie. – Cela ne dure pas, dit la tante, mais vous avez du temps devant vous, et toi qui es brune, cela t'assortit bien. – Il faut le faire déjeuner, la tante », dit Sylvie. Et elle alla cherchant dans les armoires, dans la huche[2], trouvant du lait, du pain

1. **Digitale :** plante vénéneuse et médicinale surnommée *gant de Notre-Dame* ou *doigt de la Vierge* pour sa corolle en forme de doigt.
2. **Huche :** grand coffre de bois rectangulaire à couvercle plat.

bis[1], du sucre, étalant sans trop de soin sur la table les assiettes et les plats de faïence émaillés de larges fleurs et de coqs au vif plumage. Une jatte en porcelaine de Creil[2], pleine de lait où nageaient les fraises, devint le centre du service, et après avoir dépouillé le jardin de quelques poignées de cerises et de groseilles, elle disposa deux vases de fleurs aux deux bouts de la nappe. Mais la tante avait dit ces belles paroles : « Tout cela, ce n'est que du dessert. Il faut me laisser faire à présent. » Et elle avait décroché la poêle et jeté un fagot dans la haute cheminée. « Je ne veux pas que tu touches à cela ! dit-elle à Sylvie, qui voulait l'aider ; abîmer tes jolis doigts qui font de la dentelle plus belle qu'à Chantilly ! tu m'en as donné, et je m'y connais. – Ah ! oui, la tante !... Dites donc, si vous en avez des morceaux de l'ancienne, cela me fera des modèles. – Eh bien ! va voir là-haut, dit la tante, il y en a peut-être dans ma commode. – Donnez-moi les clefs, reprit Sylvie. – Bah ! dit la tante, les tiroirs sont ouverts. – Ce n'est pas vrai, il y en a un qui est toujours fermé. » Et, pendant que la bonne femme nettoyait la poêle après l'avoir passée au feu, Sylvie dénouait des pendants de sa ceinture une petite clef d'un acier ouvragé qu'elle me fit voir avec triomphe.

Je la suivis, montant rapidement l'escalier de bois qui conduisait à la chambre. – Ô jeunesse, ô vieillesse saintes ! – qui donc eût songé à ternir la pureté d'un premier amour dans ce sanctuaire des souvenirs fidèles ? Le portrait d'un jeune homme du bon vieux temps souriait avec ses yeux noirs et sa bouche rose, dans un ovale au cadre doré, suspendu à la tête du lit rustique. Il portait l'uniforme des gardes-chasse

1. **Pain bis** : pain rustique contenant du son, ce qui lui donne un ton gris-brun.
2. **Porcelaine de Creil** : Creil et Chantilly fabriquaient des porcelaines et, depuis la fin du XVIIIe siècle, des faïences fines dont le procédé avait été importé d'Angleterre.

de la maison de Condé[1] ; son attitude à demi martiale[2], sa figure rose et bienveillante, son front pur sous ses cheveux poudrés relevaient ce pastel, médiocre peut-être, des grâces de la jeunesse et de la simplicité. Quelque artiste modeste invité aux chasses princières s'était appliqué à le *pourtraire*[3] de son mieux, ainsi que sa jeune épouse, qu'on voyait dans un autre médaillon, attrayante, maligne, élancée dans son corsage ouvert à échelle de rubans, agaçant de sa mine retroussée un oiseau posé sur son doigt. C'était pourtant la même bonne vieille qui cuisinait en ce moment, courbée sur le feu de l'âtre. Cela me fit penser aux fées des Funambules[4] qui cachent, sous leur masque ridé, un visage attrayant, qu'elles révèlent au dénouement, lorsqu'apparaît le temple de l'Amour et son soleil tournant qui rayonne de feux magiques. « Ô bonne tante, m'écriai-je, que vous étiez jolie ! – Et moi donc ? » dit Sylvie, qui était parvenue à ouvrir le fameux tiroir. Elle y avait trouvé une grande robe en taffetas flambé[5], qui criait du froissement de ses plis. « Je veux essayer si cela m'ira, dit-elle. Ah ! je vais avoir l'air d'une vieille fée ! »

« La fée des légendes éternellement jeune !... » dis-je en moi-même. – Et déjà Sylvie avait dégrafé sa robe d'indienne[6] et la laissait tomber à ses pieds. La robe étoffée de la vieille tante s'ajusta parfaitement sur la taille mince de Sylvie, qui me dit de l'agrafer. « Oh ! les manches plates, que c'est ridi-

1. **Condé** : depuis 1724 ou 1725, Louis Henri de Bourbon, prince de Condé, obligé de quitter Versailles, s'était retiré à Chantilly.
2. **Martiale** : guerrière (de Mars, dieu de la Guerre).
3. **Pourtraire** : peindre, faire le portrait de.
4. **Funambules** : théâtre du boulevard du Temple, dit boulevard du Crime, où excella le mime Deburau pendant la première moitié du XIXe siècle.
5. **Taffetas flambé** : tissu de soie très fine que l'on chauffait à l'aide de braises pour lui donner de l'éclat. Le lustre du taffetas de Lyon était particulièrement apprécié.
6. **Indienne** : étoffe de coton peinte ou imprimée, initialement fabriquée aux Indes.

cule ! » dit-elle. Et cependant les sabots[1] garnis de dentelles découvraient admirablement ses bras nus, la gorge s'encadrait dans le pur corsage aux tulles jaunis, aux rubans passés, qui n'avait serré que bien peu les charmes évanouis de la tante. « Mais finissez-en ! Vous ne savez donc pas agrafer une robe ? » me disait Sylvie. Elle avait l'air de l'accordée de village de Greuze[2]. « Il faudrait de la poudre, dis-je. – Nous allons en trouver. » Elle fureta de nouveau dans les tiroirs. Oh ! que de richesses ! que cela sentait bon, comme cela brillait, comme cela chatoyait de vives couleurs et de modeste clinquant ! deux éventails de nacre un peu cassés, des boîtes de pâte à sujets chinois, un collier d'ambre et mille fanfreluches, parmi lesquelles éclataient deux petits souliers de droguet[3] blanc avec des boucles incrustées de diamants d'Irlande[4] ! « Oh ! je veux les mettre, dit Sylvie, si je trouve les bas brodés ! »

Un instant après, nous déroulions des bas de soie rose tendre à coins verts[5] ; mais la voix de la tante, accompagnée du frémissement de la poêle, nous rappela soudain à la réalité. « Descendez vite ! » dit Sylvie, et quoi que je pusse dire, elle ne me permit pas de l'aider à se chausser. Cependant la tante venait de verser dans un plat le contenu de la poêle, une tranche de lard frite avec des œufs. La voix de Sylvie me rappela bientôt. « Habillez-vous vite ! » dit-elle, et entièrement vêtue elle-même, elle me montra les habits de noces du garde-chasse réunis sur la commode. En un instant, je me transformai en marié de l'autre siècle. Sylvie m'attendait sur l'escalier, et nous descendîmes tous deux en nous tenant par la main. La tante poussa un cri en se retournant : « Ô mes

1. **Sabots :** manches courtes et évasées, ornées de plusieurs rangs de dentelle, à la mode au XVIIIe siècle et caractéristiques du costume « à la Watteau ».
2. ***L'Accordée de village :*** toile de Jean-Baptiste Greuze (1725-1805). Voir reproduction p. 62.
3. **Droguet :** tissu de laine mélangée ou non.
4. **Diamants d'Irlande :** diamants d'imitation.
5. **Coins :** ornements à la pointe des bas.

enfants ! » dit-elle, et elle se mit à pleurer, puis sourit à travers ses larmes. – C'était l'image de sa jeunesse, – cruelle et charmante apparition ! Nous nous assîmes auprès d'elle, attendris et presque graves, puis la gaieté nous revint bientôt, car, le premier moment passé, la bonne vieille ne songea plus qu'à se rappeler les fêtes pompeuses de sa noce. Elle retrouva même dans sa mémoire les chants alternés, d'usage alors, qui se répondaient d'un bout à l'autre de la table nuptiale, et le naïf épithalame[1] qui accompagnait les mariés rentrant après la danse. Nous répétions ces strophes si simplement rythmées, avec les hiatus[2] et les assonances[3] du temps ; amoureuses et fleuries comme le cantique de l'Ecclésiaste[4] : – nous étions l'époux et l'épouse pour tout un beau matin d'été.

1. **Épithalame :** poème de circonstance célébrant les noces, traditionnellement mis en musique. Dans les *Chansons et Légendes du Valois*, qui succèdent à la première édition en volumes des *Filles du feu*, Nerval cite quelques vers d'un épithalame.
2. **Hiatus :** dans ce contexte, pause entre deux couplets.
3. **Assonance :** retour de la même syllabe à tout endroit du vers. Considérée comme un perfectionnement de l'allitération (retour d'une simple consonne) et comme un état primitif de la rime, elle a été pratiquée par les Hébreux et par les anciens peuples du Nord.
4. **Le Cantique de l'Ecclésiaste :** le *Cantique des cantiques*, attribué à Salomon. Hommage au corps féminin, ce poème passe pour le premier des épithalames.

REPÈRES

• Quelle place ce chapitre occupe-t-il dans l'économie globale de l'œuvre ?
• Définissez les liens de parenté de la « tante » avec Sylvie, sa situation familiale et sociale.
• Caractérisez l'accueil de la tante.

OBSERVATION

• Comment se déroule l'itinéraire de Loisy à Othys ?
• En prenant en compte différents niveaux de sens, expliquez l'expression : « Sa nièce arrivant, c'était le feu dans la maison. » (l. 15-16)
• Expliquez la phrase 2 du paragraphe 3 (« Ô jeunesse, ô vieillesse saintes, qui donc eût songé à ternir la pureté d'un premier amour dans ce sanctuaire des souvenirs fidèles ? »).
• Relevez les occurrences de l'adjectif « bon ».
• Relevez les termes appartenant au champ lexical de la magie.

INTERPRÉTATIONS

• Énoncez les traits qui donnent à ce passage une couleur rustique.
• En quoi ce chapitre appartient-il à l'univers du conte ?

VII

Chaalis

IL EST QUATRE HEURES du matin ; la route plonge dans un pli de terrain ; elle remonte. La voiture va passer à Orry, puis à La Chapelle. À gauche, il y a une route qui longe le bois d'Halatte. C'est par là qu'un soir le frère de Sylvie m'a conduit dans sa carriole à une solennité du pays. C'était, je crois, le soir de la Saint-Barthélemy. À travers les bois, par des routes peu frayées, son petit cheval volait comme au sabbat[1]. Nous rattrapâmes le pavé à Mont-l'Évêque, et quelques minutes plus tard nous nous arrêtions à la maison du garde, à l'ancienne abbaye de Chaalis. – Chaalis, encore un souvenir !

Cette vieille retraite des empereurs n'offre plus à l'admiration que les ruines de son cloître aux arcades byzantines[2], dont la dernière rangée se découpe encore sur les étangs, – reste oublié des fondations pieuses comprises parmi ces domaines qu'on appelait autrefois les métairies de Charlemagne[3]. La religion, dans ce pays isolé du mouvement des routes et des villes, a conservé des traces particulières du long séjour qu'y ont fait les cardinaux de la maison d'Este[4] à

1. **Sabbat :** assemblée nocturne de sorciers et de sorcières.
2. **Byzantines :** de style roman.
3. **Les métairies de Charlemagne :** le roi Louis VI le Gros, qui n'était pas un carlovingien, a baptisé Chaalis *Caroli locus* (le monastère de Charles ?) en mémoire de son frère Charles le Bon. Au Moyen Âge, Chaalis est devenu un domaine prospère exploité par les moines de Cîteaux.
4. **Maison d'Este :** famille princière qui régna sur Ferrare et Modène du XIIIe au XVIIIe siècle. Elle est célèbre pour avoir protégé les artistes. Le cardinal Hippolyte d'Este fut abbé de Chaalis au XVIe siècle. En 1570, le Tasse, grand poète italien, a séjourné à Chaalis.

Ruines de l'abbaye de Chaalis.

l'époque des Médicis : ses attributs et ses usages ont encore quelque chose de galant et de poétique, et l'on respire un parfum de la Renaissance sous les arcs des chapelles à fines nervures, décorées par les artistes de l'Italie. Les figures des saints et des anges se profilent en rose sur les voûtes peintes d'un bleu tendre, avec des airs d'allégorie païenne qui font songer aux sentimentalités de Pétrarque[1] et au mysticisme fabuleux de Francesco Colonna[2].

Nous étions des intrus, le frère de Sylvie et moi, dans la fête particulière qui avait lieu cette nuit-là. Une personne de très illustre naissance, qui possédait alors ce domaine, avait eu l'idée d'inviter quelques familles du pays à une sorte de représentation allégorique où devaient figurer quelques pensionnaires d'un couvent voisin. Ce n'était pas une réminiscence des tragédies de Saint-Cyr[3], cela remontait aux premiers essais lyriques importés en France du temps des Valois. Ce que je vis jouer était comme un mystère[4] des anciens temps. Les costumes, composés de longues robes, n'étaient variés que par les couleurs de l'azur, de l'hyacinthe[5] ou de l'aurore. La scène se passait entre les anges, sur les débris du monde détruit. Chaque voix chantait une des splendeurs de ce globe éteint, et l'ange de la mort définissait les causes de sa destruction. Un esprit montait de l'abîme, tenant en main

1. **Pétrarque (1304-1374)** : poète et humaniste italien. Auteur du *Canzoniere* composé de sonnets où il chante la beauté et les vertus de Laure de Noves qu'il a rencontrée dans son exil.

2. **Francisco Colonna** : peintre et littérateur italien, auteur du *Songe de Polyphile* (1499). Combat de l'amour et du sommeil, ce texte est cité par Nerval dans *Voyage en Orient*. D'après Nerval, Colonna nourrissait un amour sans espoir pour une dame noble, Lucretia Polia, qui, malgré les différences de conditions, fut touchée par son respect.

3. **Saint-Cyr** : maison d'éducation pour jeunes filles instituée par Mme de Maintenon en 1686. *Esther* de Racine, tragédie religieuse, y fut jouée en 1689.

4. **Mystère** : genre théâtral qui, au Moyen Âge, mettait en scène des sujets religieux.

5. **Hyacinthe** : bleu tirant sur le violet (couleur des jacinthes) ou ton brun orangé de la pierre précieuse.

l'épée flamboyante, et convoquait les autres à venir admirer la gloire du Christ vainqueur des enfers. Cet esprit, c'était Adrienne transfigurée par son costume, comme elle l'était déjà par sa vocation. Le nimbe[1] de carton doré qui ceignait sa tête angélique nous paraissait bien naturellement un cercle de lumière ; sa voix avait gagné en force et en étendue, et les fioritures infinies du chant italien brodaient de leurs gazouillements d'oiseau les phrases sévères d'un récitatif[2] pompeux.

En me retraçant ces détails, j'en suis à me demander s'ils sont réels, ou bien si je les ai rêvés. Le frère de Sylvie était un peu gris[3] ce soir-là. Nous nous étions arrêtés quelques instants dans la maison du garde, – où, ce qui m'a frappé beaucoup, il y avait un cygne éployé[4] sur la porte, puis, au-dedans, de hautes armoires en noyer sculpté, une grande horloge dans sa gaine, et des trophées d'arcs et de flèches d'honneur au-dessus d'une carte de tir rouge et verte. Un nain bizarre, coiffé d'un bonnet chinois, tenant d'une main une bouteille et de l'autre une bague, semblait inviter les tireurs à viser juste. Ce nain, je le crois bien, était en tôle découpée. Mais l'apparition d'Adrienne est-elle aussi vraie que ces détails et que l'existence incontestable de l'abbaye de Chaalis ? Pourtant c'est bien le fils du garde qui nous avait introduits dans la salle où avait lieu la représentation ; nous étions près de la porte, derrière une nombreuse compagnie assise et gravement émue. C'était le jour de la Saint-Barthélemy, – singulièrement lié au souvenir des Médicis, dont les armes accolées à celles de la maison d'Este décoraient ces vieilles murailles... Ce souvenir est une obsession, peut-être ! –

1. **Nimbe :** cercle lumineux auréolant la tête du Christ et des saints.
2. **Récitatif :** dans un opéra, passage parlé plus que chanté et accompagné d'un seul instrument.
3. **Gris :** grisé, ivre.
4. **Éployé :** terme de blason, désignant les ailes déployées d'un aigle.

Heureusement voici la voiture qui s'arrête sur la route du Plessis ; j'échappe au monde des rêveries, et je n'ai plus qu'un quart d'heure de marche pour gagner Loisy par des routes bien peu frayées[1].

La Malle-poste. *Lithographie de Charles Bargue (mort en 1883). Musée Carnavalet, Paris.*

1. **Frayées :** fréquentées.

REPÈRES

• De quels autres passages de la nouvelle et de notre chapitre faut-il rapprocher la phrase « Il est quatre heures du matin » (l. 1) ?
• Expliquez le titre du chapitre.

OBSERVATION

• Expliquez l'expression : « son petit cheval volait comme au sabbat » (l. 7-8).
• Le deuxième paragraphe prolonge-t-il le récit amorcé dans le paragraphe précédent ? En fonction de votre réponse, choisissez un terme le caractérisant.
• Le paragraphe 2 esquisse des silhouettes plus qu'il ne peint des figures pleines. Relevez les termes qui contribuent à cette impression.
• D'après les notes, dites en quoi la référence à Pétrarque et à Francisco Colonna se justifie dans ce contexte.
• À l'aide d'un dictionnaire des symboles, expliquez la signification de « l'épée flamboyante » (l. 43). Quel sens lui donner dans la nouvelle ?

INTERPRÉTATIONS

• Le quatrième paragraphe est-il dans le ton du chapitre ?
• Documentez-vous sur la Saint-Barthélemy. De quels autres épisodes historiques, présents dans la nouvelle, rapprocher cette allusion ? Quelle est ici sa raison d'être ?

Concentration du temps, dilatation du récit

Le parcours du fiacre est la métaphore du voyage dans le temps, déjà engagé au seuil du rêve. Le trajet de Paris au Valois dure cinq heures, mais la mémoire et l'imaginaire concentrent en quelques instants plusieurs journées. Un déséquilibre se crée entre les quatre chapitres consacrés à quelques heures de voyage (chap. IV à VII) et le chapitre XIII, relatant deux ou trois années d'existence. La présence de l'Histoire – Antiquité, Renaissance ou XVIIIe siècle – liée à celle des ruines, creuse encore la durée « par un phénomène d'espace analogue à celui du temps qui concentre un siècle d'action dans une minute de rêve » *(Aurélia)*.

L'euphorie de la fête

Les pages consacrées à cette nuit d'insomnie relatent l'expérience intense de la fête : ce sont, après la scène de la ronde, la fête galante à Mortefontaine, la noce improvisée à Othys, les solennités de la Saint-Barthélemy. Le deuxième volet de *Sylvie* se clôt donc sur une représentation théâtrale, en miroir avec le chapitre I. Ces festivités, renouant avec les mystères antiques, marquent un temps crucial dans cette triple initiation à l'amour, à la spiritualité et à la poésie que constitue la jeunesse du narrateur. Le « bouquet provincial », rappel du bouquet d'Isis, la promesse du salut après la fin des temps (chap. VII, l. 42-46), les allusions à la Renaissance offrent autant d'images de la résurrection intérieure à laquelle « aspire l'homme matériel » (chap. I). Le retour au pays d'enfance, placé sous le signe de la fraîcheur, de l'innocence et de la joie, semble promettre un bain de jouvence au Parisien blasé et mélancolique. La quête intérieure paraît couronnée de succès.

Ombres maléfiques

Mais le voyage dans le temps éveille les silhouettes de l'enfance. Fées ou sorcières, Sylvie et sa tante fascinent et inquiètent, à la lueur changeante des flammes et des étoffes. Le narrateur perd à nouveau « pied » avec le réel. Par un effet de contrepoint, chevauchées nocturnes et personnages maléfiques issus du conte font planer sur cet épisode dans l'ensemble lumineux le signe et l'obsession de la mort.

VIII

Le bal de Loisy

JE SUIS ENTRÉ AU BAL de Loisy à cette heure mélancolique et douce encore où les lumières pâlissent et tremblent aux approches du jour. Les tilleuls, assombris par en bas, prenaient à leurs cimes une teinte bleuâtre. La flûte champêtre ne luttait plus si vivement avec les trilles du rossignol. Tout le monde était pâle, et dans les groupes dégarnis j'eus peine à rencontrer des figures connues. Enfin j'aperçus la grande Lise, une amie de Sylvie. Elle m'embrassa. « Il y a longtemps qu'on ne t'a vu, Parisien ! dit-elle. – Oh ! oui, longtemps. – Et tu arrives à cette heure-ci ? – Par la poste. – Et pas trop vite ! – Je voulais voir Sylvie ; est-elle encore au bal ? – Elle ne sort qu'au matin ; elle aime tant à danser. »

En un instant, j'étais à ses côtés. Sa figure était fatiguée ; cependant son œil noir brillait toujours du sourire athénien d'autrefois. Un jeune homme se tenait près d'elle. Elle lui fit signe qu'elle renonçait à la contredanse[1] suivante. Il se retira en saluant.

Le jour commençait à se faire. Nous sortîmes du bal, nous tenant par la main. Les fleurs de la chevelure de Sylvie se penchaient dans ses cheveux dénoués ; le bouquet de son corsage s'effeuillait aussi sur les dentelles fripées, savant ouvrage de sa main. Je lui offris de l'accompagner chez elle. Il faisait grand jour, mais le temps était sombre. La Thève bruissait à notre gauche, laissant à ses coudes des remous d'eau stagnante où s'épanouissaient les nénuphars jaunes et blancs, où éclatait comme des pâquerettes la frêle broderie des étoiles

1. **Contredanse** : danse villageoise *(countrydance)* sur un air vif et entraînant durant laquelle plusieurs couples se font face et répètent les mêmes pas.

d'eau. Les plaines étaient couvertes de javelles[1] et de meules de foin, dont l'odeur me portait à la tête sans m'enivrer, comme faisait autrefois la fraîche senteur des bois et des halliers d'épines fleuries.

Nous n'eûmes pas l'idée de les traverser de nouveau. « Sylvie, lui dis-je, vous ne m'aimez plus ! » Elle soupira. « Mon ami, me dit-elle, il faut se faire une raison ; les choses ne vont pas comme nous voulons dans la vie. Vous m'avez parlé autrefois de *la Nouvelle Héloïse,* je l'ai lue, et j'ai frémi en tombant d'abord sur cette phrase : "Toute jeune fille qui lira ce livre est perdue." Cependant, j'ai passé outre, me fiant sur ma raison. Vous souvenez-vous du jour où nous avons revêtu les habits de noces de la tante ?... Les gravures du livre présentaient aussi les amoureux sous de vieux costumes du temps passé, de sorte que pour moi vous étiez Saint-Preux, et je me retrouvais dans Julie. Ah, que n'êtes-vous revenu alors ! Mais vous étiez, disait-on, en Italie. Vous en avez vu là de bien plus jolies que moi ! – Aucune, Sylvie, qui ait votre regard et les traits purs de votre visage. Vous êtes une nymphe[2] antique qui vous ignorez. D'ailleurs, les bois de cette contrée sont aussi beaux que ceux de la campagne romaine. Il y a là-bas des masses de granit non moins sublimes, et une cascade[3] qui tombe du haut des rochers comme celle de Terni. Je n'ai rien vu là-bas que je puisse regretter ici. – Et à Paris ? dit-elle. – À Paris... »

Je secouai la tête sans répondre.

Tout à coup je pensai à l'image vaine qui m'avait égaré si longtemps.

« Sylvie, dis-je, arrêtons-nous ici, le voulez-vous ? »

Je me jetai à ses pieds ; je confessai en pleurant à chaudes

---

1. **Javelles :** brassées de céréales coupées qu'on laisse sur place avant de les lier pour les mettre en gerbes.
2. **Nymphe :** divinité des eaux et des bois.
3. **Cascade :** on en trouve en effet d'artificielles, aménagées à la fin du XVIIIe siècle dans le parc d'Ermenonville par le marquis de Girardin, mais aussi à Mortefontaine.

larmes mes irrésolutions, mes caprices ; j'évoquai le spectre funeste qui traversait ma vie.

« Sauvez-moi ! ajoutai-je, je reviens à vous pour toujours. »

Elle tourna vers moi ses regards attendris...

En ce moment, notre entretien fut interrompu par de violents éclats de rire. C'était le frère de Sylvie qui nous rejoignait, avec cette bonne gaieté rustique, suite obligée d'une nuit de fête, que des rafraîchissements nombreux avaient développée outre mesure. Il appelait le galant du bal, perdu au loin dans les buissons d'épines et qui ne tarda pas à nous rejoindre. Ce garçon n'était guère plus solide sur ses pieds que son compagnon, il paraissait plus embarrassé encore de la présence d'un Parisien que de celle de Sylvie. Sa figure candide, sa déférence[1] mêlée d'embarras m'empêchaient de lui en vouloir d'avoir été le danseur pour lequel on était resté si tard à la fête. Je le jugeais peu dangereux.

« Il faut rentrer à la maison, dit Sylvie à son frère. – À tantôt ! » me dit-elle en me tendant la joue.

L'amoureux ne s'offensa pas.

1. **Déférence : respect.**

REPÈRES

• À quelle époque de la vie du personnage se situe ce chapitre ?
• Identifiez l'« heure mélancolique » (l. 1) à laquelle se réfère le narrateur.
• Identifiez « l'image vaine » et le « spectre funeste » des lignes 53 et 58.
• Dans quel état se trouvent le frère de Sylvie et son compagnon ?

OBSERVATION

• Quel procédé narratif est employé aux paragraphes 2 (l. 13-15) et 3 (l. 19-22) ?
• Que signifie le bouquet effeuillé ?
• Quel procédé narratif est employé au paragraphe 4 ?
• Repérez les occurrences de l'adverbe « autrefois ». Quelle signification leur donner ? D'autres adverbes de temps ont la même signification. Lesquels ?
• La fin du chapitre VIII (l. 55 à 76) peut être divisée en deux séquences de tonalité opposée. Relevez lès signes marquant la rupture entre les deux séquences et cette opposition.
• Quel rôle le frère de Sylvie joue-t-il dans cet épisode ?

INTERPRÉTATIONS

• Ce chapitre traduit la dégradation du passé. Relevez et classez les arguments et les signes permettant d'étayer cette interprétation.
• Observez les gestes des personnages. Dans quelle mesure sont-ils empreints de théâtralité ?

IX

Ermenonville

JE N'AVAIS NULLE ENVIE de dormir. J'allai à Montagny pour revoir la maison de mon oncle. Une grande tristesse me gagna dès que j'entrevis la façade jaune et les contrevents[1] verts. Tout semblait dans le même état qu'autrefois ; seulement il fallut aller chez le fermier pour avoir la clef de la porte. Une fois les volets ouverts, je revis avec attendrissement les vieux meubles conservés dans le même état et qu'on frottait de temps en temps, la haute armoire de noyer, deux tableaux flamands qu'on disait l'ouvrage d'un ancien peintre, notre aïeul ; de grandes estampes d'après Boucher[2], et toute une série encadrée de gravures de l'*Émile* et de *la Nouvelle Héloïse*, par Moreau[3] ; sur la table, un chien empaillé que j'avais connu vivant, ancien compagnon de mes courses dans les bois, le dernier carlin[4] peut-être, car il appartenait à cette race perdue.

« Quant au perroquet, me dit le fermier, il vit toujours ; je l'ai retiré chez moi. »

Le jardin présentait un magnifique tableau de végétation sauvage. J'y reconnus, dans un angle, un jardin d'enfant que j'avais tracé jadis. J'entrai tout frémissant dans le cabinet, où

1. **Contrevents :** terme régional et désuet désignant des volets. Ce détail est peut-être une allusion au chapitre IV de *L'Émile* de Rousseau.
2. **François Boucher (1703-1770) :** émule de Watteau, il a peint des pastorales et des scènes mythologiques *(Le Bain de Diane)*, mais aussi des sujets érotiques. On lui a reproché son style maniéré.
3. **Jean-Michel Moreau (1741-1814) :** graveur et illustrateur français.
4. **Carlin :** petit chien à poils ras et au museau écrasé, du nom de Carlin Bertinazzi, acteur qui jouait le rôle d'Arlequin avec un masque noir et de forme aplatie.

se voyait encore la petite bibliothèque pleine de livres choisis, vieux amis de celui qui n'était plus, et sur le bureau quelques débris antiques trouvés dans son jardin, des vases, des médailles romaines, collection locale qui le rendait heureux.

« Allons voir le perroquet », dis-je au fermier. Le perroquet demandait à déjeuner comme en ses plus beaux jours, et me regarda de cet œil rond, bordé d'une peau chargée de rides, qui fait penser au regard expérimenté des vieillards.

Plein des idées tristes qu'amenait ce retour tardif en des lieux si aimés, je sentis le besoin de revoir Sylvie, seule figure vivante et jeune encore qui me rattachât à ce pays. Je repris la route de Loisy. C'était au milieu du jour ; tout le monde dormait, fatigué de la fête. Il me vint l'idée de me distraire par une promenade à Ermenonville, distant d'une lieue par le chemin de la forêt. C'était par un beau temps d'été. Je pris plaisir d'abord à la fraîcheur de cette route, qui semble l'allée d'un parc. Les grands chênes d'un vert uniforme n'étaient variés que par les troncs blancs des bouleaux au feuillage frissonnant. Les oiseaux se taisaient, et j'entendais seulement le bruit que fait le pivert en frappant les arbres pour y creuser son nid. Un instant, je risquai de me perdre, car les poteaux dont les palettes[1] annoncent diverses routes n'offrent plus, par endroits, que des caractères effacés. Enfin, laissant le *Désert*[2] à gauche, j'arrivai au rond-point de la danse, où subsiste encore le banc des vieillards. Tous les souvenirs de l'antiquité philosophique, ressuscités par l'ancien possesseur du domaine, me revenaient en foule devant cette réalisation pittoresque de l'*Anacharsis*[3] et de l'*Émile*.

Lorsque je vis briller les eaux du lac à travers les branches des saules et des coudriers[4], je reconnus tout à fait un lieu

1. **Palettes :** minces planches de bois.
2. **Le Désert :** lieu accolé à la mer de sable, entre Ermenonville et Chaalis.
3. **L'Anacharsis :** allusion au roman archéologique de l'abbé Barthélemy (1716-1795), le *Voyage du jeune Anacharsis en Grèce vers le milieu du IVe siècle avant l'ère vulgaire*.
4. **Coudriers :** noisetiers.

où mon oncle, dans ses promenades, m'avait conduit bien des fois : c'est le *Temple de la philosophie,* que son fondateur n'a pas eu le bonheur de terminer[1]. Il a la forme du temple de la sibylle tiburtine[2], et, debout encore, sous l'abri d'un bouquet de pins, il étale tous ces grands noms de la pensée qui commencent par Montaigne et Descartes[3], et qui s'arrêtent à Rousseau. Cet édifice inachevé n'est déjà plus qu'une ruine, le lierre le festonne avec grâce, la ronce envahit les marches disjointes. Là, tout enfant, j'ai vu des fêtes où les jeunes filles vêtues de blanc venaient recevoir des prix d'étude et de sagesse. Où sont les buissons de roses qui entouraient la colline ? L'églantier et le framboisier en cachent les derniers plants, qui retournent à l'état sauvage. – Quant aux lauriers, les a-t-on coupés, comme le dit la chanson des jeunes filles qui ne veulent plus aller au bois ? Non, ces arbustes de la douce Italie ont péri sous notre ciel brumeux. Heureusement le troène de Virgile[4] fleurit encore, comme pour appuyer la parole du maître inscrite au-dessus de la porte : *Rerum cognoscere causas*[5] *!* – Oui, ce temple tombe comme tant d'autres, les hommes oublieux ou fatigués se détourneront de ses abords, la nature indifférente reprendra le terrain que l'art lui disputait ; mais la soif de connaître restera éternelle, mobile de toute force et de toute activité !

1. **Son fondateur** : le marquis de Girardin l'avait laissé inachevé volontairement.
2. **La sibylle tiburtine** : allusion au temple rond de Tivoli (dont l'ancien nom était *Tibur*) ; c'est là que, selon une légende médiévale, une sibylle (leur rôle consistait à transmettre aux mortels les oracles des dieux) aurait montré à l'empereur romain Auguste, qui lui demandait s'il existait un homme plus grand que lui, la Vierge tenant l'Enfant Jésus dans ses bras.
3. **Montaigne et Descartes** : chacune des six colonnes du temple portait une inscription rendant hommage à un homme célèbre, notamment à Montaigne, auteur des *Essais* (1572-1588) et à Descartes, savant et philosophe, auteur du *Discours de la méthode* (1637).
4. **Virgile** : poète latin du Ier siècle avant Jésus-Christ.
5. ***Rerum cognescere causas :*** citation extraite des *Géorgiques* (II, vers 490) et qui signifie « connaître la raison des choses ».

Voici les peupliers de l'île, et la tombe de Rousseau, vide de ses cendres. Ô sage ! tu nous avais donné le lait des forts[1], et nous étions trop faibles pour qu'il pût nous profiter. Nous avons oublié tes leçons que savaient nos pères, et nous avons perdu le sens de ta parole, dernier écho des sagesses antiques. Pourtant ne désespérons pas, et, comme tu fis à ton suprême instant, tournons nos yeux vers le soleil !

J'ai revu le château, les eaux paisibles qui le bordent, la cascade qui gémit dans les roches, et cette chaussée réunissant les deux parties du village, dont quatre colombiers marquent les angles, la pelouse qui s'étend au-delà comme une savane, dominée par des coteaux ombreux ; la tour de Gabrielle[2] se reflète de loin sur les eaux d'un lac factice étoilé de fleurs éphémères ; l'écume bouillonne, l'insecte bruit... Il faut échapper à l'air perfide qui s'exhale en gagnant les grès poudreux du désert et les landes où la bruyère rose relève le vert des fougères. Que tout cela est solitaire et triste ! Le regard enchanté de Sylvie, ses courses folles, ses crix joyeux donnaient autrefois tant de charme aux lieux que je viens de parcourir ! C'était encore une enfant sauvage, ses pieds étaient nus, sa peau hâlée, malgré son chapeau de paille, dont le large ruban flottait pêle-mêle avec ses tresses de cheveux noirs. Nous allions boire du lait à la ferme suisse[3], et l'on me disait : « Qu'elle est jolie, ton amoureuse, petit Parisien ! »

Oh ! ce n'est pas alors qu'un paysan aurait dansé avec elle ! Elle ne dansait qu'avec moi, une fois par an, à la fête de l'arc.

1. **Le lait des forts :** allusion à *L'Émile* dont le premier chapitre est consacré aux nourrices et au lait maternel, fortifiant comme l'eau du Styx. Nerval applique cette image à la philosophie de Rousseau.
2. **La tour de Gabrielle :** édifice décoratif de style gothique que l'on suppose dédié à Gabrielle d'Estrées, maîtresse d'Henri IV. Située sur une île, elle existait encore du temps de Nerval.
3. **La ferme suisse :** la ferme d'Ermenonville.

REPÈRES

- Quel siècle est fréquemment évoqué dans ce chapitre ?
- Comment le chapitre est-il composé ?

OBSERVATION

- Rapprochez la première phrase : « Je n'avais nulle envie de dormir. » du passage suivant : « C'était au milieu du jour ; tout le monde dormait, fatigué de la fête. » (l. 32-33). Qu'en déduisez-vous, quant à la relation du narrateur aux villageois ?
- Gérard de Nerval avait un grand-oncle nommé Antoine Boucher. Quelles réflexions cette coïncidence vous inspire-t-elle ?
- Le narrateur inventorie les objets et les animaux ayant appartenu à l'oncle. En étudiant leurs traits communs, dites quelles impressions communiquent la maison et les souvenirs qu'elle contient.
- Le plaisir que prend le personnage au début de sa promenade à Ermenonville est-il durable ?
- Étude des temps de « Lorsque je vis briller [...] » (l. 49) à la fin du chapitre.
- Expliquez les expressions « la cascade qui gémit » (l. 81-82) et le « lac factice étoilé de fleurs éphémères » (l. 86-87).
- Recherchez échos et correspondances entre le chapitre V et le chapitre IX, notamment du point de vue des éléments descriptifs.

INTERPRÉTATIONS

- Quelle leçon le lecteur doit-il tirer de la description du temple de la philosophie ?
- Caractérisez le domaine d'Ermenonville.

X

Le grand frisé

J'AI REPRIS LE CHEMIN DE LOISY ; tout le monde était réveillé. Sylvie avait une toilette de demoiselle, presque dans le goût de la ville. Elle me fit monter à sa chambre avec toute l'ingénuité d'autrefois. Son œil étincelait toujours dans un sourire plein de charme, mais l'arc prononcé de ses sourcils lui donnait par instants un air sérieux. La chambre était décorée avec simplicité, pourtant les meubles étaient modernes, une glace à bordure dorée avait remplacé l'antique trumeau[1], où se voyait un berger d'idylle[2] offrant un nid à une bergère bleue et rose. Le lit à colonnes chastement drapé de vieille perse[3] à ramage[4] était remplacé par une couchette de noyer garnie du rideau à flèche ; à la fenêtre, dans la cage où jadis étaient les fauvettes, il y avait des canaris. J'étais pressé de sortir de cette chambre où je ne trouvais rien du passé. « Vous ne travaillerez point à votre dentelle aujourd'hui ?... dis-je à Sylvie. – Oh ! je ne fais plus de dentelle, on n'en demande plus dans le pays ; même à Chantilly, la fabrique est fermée. – Que faites-vous donc ? » Elle alla chercher dans un coin de la chambre un instrument en fer qui ressemblait à une longue pince. « Qu'est-ce que c'est que cela ? – C'est ce qu'on appelle la mécanique ; c'est pour maintenir la peau

1. **Trumeau :** panneau ornant un miroir.
2. **Idylle :** court poème, presque toujours amoureux, peignant des bergers, des pêcheurs, la vie de la campagne. Théocrite, poète grec du IIIe siècle avant Jésus-Christ, est le maître du genre, que la peinture du XVIIIe siècle s'est plu à faire revivre.
3. **Perse :** tissu peint importé de l'Inde et non pas de Perse comme on le croyait.
4. **Ramage :** dessin décoratif de branches fleuries et feuillues.

Dentellières à Asnières-sur-Oise,
détail d'une peinture de Paul Soyer (1823-1903).
Grande Chancellerie de la Légion d'honneur, Paris.

des gants, afin de les coudre. – Ah ! vous êtes gantière, Sylvie ? – Oui, nous travaillons ici pour Dammartin, cela donne beaucoup[1] dans ce moment ; mais je ne fais rien aujourd'hui ; allons où vous voudrez. » Je tournais les yeux vers la route d'Othys : elle secoua la tête ; je compris que la vieille tante n'existait plus. Sylvie appela un petit garçon et lui fit seller un âne. « Je suis encore fatiguée d'hier, dit-elle, mais la promenade me fera du bien ; allons à Chaalis. » Et nous voilà traversant la forêt, suivis du petit garçon armé d'une branche. Bientôt Sylvie voulut s'arrêter et je l'embrassai en l'engageant à s'asseoir. La conversation entre nous ne pouvait plus être bien intime. Il fallut lui raconter ma vie à Paris, mes voyages... « Comment peut-on aller si loin ! dit-elle. – Je m'en étonne en vous revoyant. – Oh ! cela se dit ! – Et convenez que vous étiez moins jolie autrefois. – Je n'en sais rien. – Vous souvenez-vous du temps où nous étions enfants et vous la plus grande ? – Et vous le plus sage ! – Oh ! Sylvie ! – On nous mettait sur l'âne chacun dans un panier. – Et nous ne nous disions pas *vous*... Te rappelles-tu que tu m'apprenais à pêcher des écrevisses sous les ponts de la Thève et de la Nonette ? – Et toi, te souviens-tu de ton frère de lait[2] qui t'a un jour retiré *de l'ieau*. – Le *grand frisé !* C'est lui qui m'avait dit qu'on pouvait la passer *l'ieau !* »

... Je me hâtai de changer de conversation. Ce souvenir m'avait vivement rappelé l'époque où je venais dans le pays, vêtu d'un petit habit à l'anglaise qui faisait rire les paysans. Sylvie seule me trouvait bien mis ; mais je n'osais lui rappeler cette opinion d'un temps si ancien. Je ne sais pourquoi ma pensée se porta sur les habits de noces que nous avions revêtus chez la vieille tante à Othys. Je demandai ce qu'ils étaient devenus. « Ah ! la bonne tante, dit Sylvie, elle m'avait prêté

1. **Cela donne beaucoup :** cela « marche » bien. La ganterie crée des emplois et du profit.
2. **Frère de lait :** enfant allaité par la même personne. Ici, le fils de la nourrice.

sa robe pour aller danser au carnaval à Dammartin, il y a de cela deux ans. L'année d'après, elle est morte, la pauvre tante ! »

Elle soupirait et pleurait, si bien que je ne pus lui demander par quelle circonstance elle était allée à un bal masqué ; mais, grâce à ses talents d'ouvrière, je comprenais assez que Sylvie n'était plus une paysanne. Ses parents seuls étaient restés dans leur condition, et elle vivait au milieu d'eux comme une fée industrieuse, répandant l'abondance autour d'elle.

REPÈRES

- Qui est le « grand frisé »?
- Repérez au sein du chapitre les passages constitués par le dialogue entre Sylvie et le narrateur.

OBSERVATION

- Quelle est la tonalité du titre ?
- Que signale l'italique aux lignes 43 et 44 ?
- Étudiez les adverbes de temps dans le texte.
- Comment le dialogue entre Sylvie et le narrateur évolue-t-il ? De quel dialogue faut-il le rapprocher ?
- En vous aidant des expressions comportant le mot « fée » au chapitre VI, expliquez l'expression « fée industrieuse » (l. 60-61).

INTERPRÉTATIONS

- À partir de vos connaissances générales sur le XIXe siècle, dites à quelles circonstances se rattachent les changements apportés au mode de vie de la belle dentellière.
- Le costume a tout au long du chapitre une importance particulière. Relevez les passages concernés et précisez la signification que Nerval donne dans chaque cas à cet élément du récit.

Gravure de P. Le Rat (1849-1892)
pour illustrer Sylvie.
Bibliothèque nationale, Paris.

XI

Retour

LA VUE SE DÉCOUVRAIT au sortir du bois. Nous étions arrivés au bord des étangs de Chaalis. Les galeries du cloître, la chapelle aux ogives élancées, la tour féodale et le petit château qui abrita les amours de Henri IV et de Gabrielle se teignaient des rougeurs du soir sur le vert sombre de la forêt. « C'est un paysage de Walter Scott[1], n'est-ce pas ? disait Sylvie. – Et qui vous a parlé de Walter Scott ? lui dis-je. Vous avez donc bien lu depuis trois ans !... Moi, je tâche d'oublier les livres, et ce qui me charme, c'est de revoir avec vous cette vieille abbaye, où, tout petits enfants, nous nous cachions dans les ruines. Vous souvenez-vous, Sylvie, de la peur que vous aviez quand le gardien nous racontait l'histoire des moines rouges[2] ? – Oh ! ne m'en parlez pas. – Alors chantez-moi la chanson de la belle fille enlevée au jardin de son père, sous le rosier blanc[3]. – On ne chante plus cela. – Seriez-vous devenue musicienne ? – Un peu. – Sylvie, Sylvie, je suis sûr que vous chantez des airs d'opéra ! – Pourquoi vous plaindre ? – Parce que j'aimais les vieux airs, et que vous ne saurez plus les chanter. »

Sylvie modula quelques sons d'un grand air d'opéra moderne... Elle *phrasait*[4] *!*

Nous avions tourné les étangs voisins. Voici la verte pelouse entourée de tilleuls et d'ormeaux, où nous avons dansé sou-

1. **Walter Scott (1771-1832) :** poète et romancier écossais, à l'origine du roman historique et romantique européen ; il est l'auteur d'*Ivanhoé* (1819) ou de *Quentin Durward* (1823).
2. **Moines rouges :** templiers.
3. Chanson folklorique citée dans *Angélique* et dans les *Chansons et Légendes du Valois*, que Nerval publie à la suite de *Sylvie* dans *Les Filles du feu*.
4. **Phrasait :** chantait avec affectation.

vent ! J'eus l'amour-propre de définir les vieux murs carlovingiens et de déchiffrer les armoiries de la maison d'Este. « Et vous ! comme vous avez lu plus que moi ! dit Sylvie. Vous êtes donc un savant ? »

J'étais piqué de son ton de reproche. J'avais jusque-là cherché l'endroit convenable pour renouveler le moment d'expansion du matin ; mais que lui dire avec l'accompagnement d'un âne et d'un petit garçon très éveillé, qui prenait plaisir à se rapprocher toujours pour entendre parler un Parisien ? Alors, j'eus le malheur de raconter l'apparition de Chaalis, restée dans mes souvenirs. Je menai Sylvie dans la salle même du château où j'avais entendu chanter Adrienne. « Oh ! que je vous entende ! lui dis-je ; que votre voix chérie résonne sous ces voûtes et en chasse l'esprit qui me tourmente, fût-il divin ou bien fatal ! » Elle répéta les paroles et le chant après moi :

> Anges, descendez promptement
> Au fond du purgatoire !...

« C'est bien triste ! me dit-elle.

– C'est sublime... Je crois que c'est du Porpora[1], avec des vers traduits au seizième siècle.

– Je ne sais pas », répondit Sylvie.

Nous sommes revenus par la vallée en suivant le chemin de Charlepont, que les paysans, peu étymologistes de leur nature, s'obstinent à appeler *Châllepont*. Sylvie, fatiguée de l'âne, s'appuyait sur mon bras. La route était déserte ; j'essayai de parler de choses que j'avais dans le cœur, mais, je ne sais pourquoi, je ne trouvais que des expressions vulgaires, ou bien tout à coup quelque phrase pompeuse de roman, – que Sylvie pouvait avoir lue. Je m'arrêtais alors avec un goût tout classique, et elle s'étonnait parfois de ces effusions interrompues. Arrivés aux murs de Saint-S..., il fallait prendre garde à notre marche.

1. **Nicola Porpora (1686-1768)** : compositeur napolitain. Maître de chant de Farinelli, il s'illustra dans le style *fiorito*, très orné.

On traverse des prairies humides où serpentent les ruisseaux. « Qu'est devenue la religieuse ? dis-je tout à coup.

– Ah ! vous êtes terrible avec votre religieuse... Eh bien !... eh bien ! cela a mal tourné. »

Sylvie ne voulut pas m'en dire un mot de plus.

Les femmes sentent-elles vraiment que telle ou telle parole passe sur les lèvres sans sortir du cœur ? On ne le croirait pas, à les voir si facilement abusées, à se rendre compte des choix qu'elles font le plus souvent : il y a des hommes qui jouent si bien la comédie de l'amour ! Je n'ai jamais pu m'y faire, quoique sachant que certaines acceptent sciemment d'être trompées. D'ailleurs un amour qui remonte à l'enfance est quelque chose de sacré... Sylvie, que j'avais vue grandir, était pour moi comme une sœur. Je ne pouvais tenter une séduction... Une tout autre idée vint traverser mon esprit. « À cette heure-ci, me dis-je, je serais au théâtre... Qu'est-ce qu'Aurélie (c'était le nom de l'actrice) doit donc jouer ce soir ? Évidemment le rôle de la princesse dans le drame nouveau. Oh ! le troisième acte, qu'elle y est touchante !... Et dans la scène d'amour du second ! avec ce jeune premier tout ridé... »

« Vous êtes dans vos réflexions ? dit Sylvie, et elle se mit à chanter :

> À Dammartin l'y a trois belles filles :
> L'y en a z'une plus belle que le jour...

– Ah ! méchante ! m'écriai-je, vous voyez bien que vous en savez encore, des vieilles chansons.

– Si vous veniez plus souvent ici, j'en retrouverais, dit-elle, mais il faut songer au solide[1]. Vous avez vos affaires de Paris, j'ai mon travail ; ne rentrons pas trop tard : il faut que demain je sois levée avec le soleil. »

1. **Songer au solide :** penser aux réalités matérielles et notamment à gagner son pain.

REPÈRES

• Depuis quand le narrateur n'était-il pas venu dans le Valois ?

OBSERVATION

• Sylvie a changé ; ce chapitre en apporte de nouvelles preuves. Lesquelles ?
• Des obstacles s'interposent entre Sylvie et le narrateur. Lesquels ?
• Quel rôle le narrateur veut-il faire jouer à Sylvie ?
• Étudiez les temps dans les lignes 22-23.
• Commentez l'expression « prairies humides où serpentent les ruisseaux » (l. 56-57).

INTERPRÉTATIONS

• Expliquez les lignes 48 à 55, de « Sylvie, fatiguée [...] » jusqu'à « [...] effusions interrompues. »

XII

Le père Dodu

J'ALLAIS RÉPONDRE, j'allais tomber à ses pieds, j'allais offrir la maison de mon oncle, qu'il m'était possible encore de racheter, car nous étions plusieurs héritiers, et cette petite propriété était restée indivise[1] ; mais en ce moment nous arrivions à Loisy. On nous attendait pour souper. La soupe à l'oignon répandait au loin son parfum patriarcal. Il y avait des voisins invités pour ce lendemain de fête. Je reconnus tout de suite un vieux bûcheron, le père Dodu, qui racontait jadis aux veillées des histoires si comiques ou si terribles. Tour à tour berger, messager, garde-chasse, pêcheur, braconnier même, le père Dodu fabriquait à ses moments perdus des coucous et des tournebroches. Pendant longtemps, il s'était consacré à promener des Anglais dans Ermenonville, en les conduisant aux lieux de méditation de Rousseau et en leur racontant ses derniers moments. C'était lui qui avait été le petit garçon que le philosophe employait à classer ses herbes, et à qui il donna l'ordre de cueillir les ciguës dont il exprima le suc dans sa tasse de café au lait[2]. L'aubergiste de *la Croix-d'Or* lui contestait ce détail ; de là des haines prolongées. On avait longtemps reproché au père Dodu la possession de quelques secrets bien innocents, comme de guérir les vaches avec un verset[3] dit à rebours et le signe de croix figuré du pied gauche, mais il avait de bonne heure renoncé à ces

1. **Indivis :** bien appartenant à plusieurs personnes qui n'en ont pas fait le partage après en avoir hérité.
2. Rousseau est mort de mort naturelle, le 2 juillet 1778, à Ermenonville, dans un pavillon du château où le marquis de Girardin l'avait accueilli quelques mois plus tôt.
3. **Versets :** paragraphes divisant un texte sacré – ici, la Bible.

superstitions, – grâce au souvenir, disait-il, des conversations de Jean-Jacques.

« Te voilà ! petit Parisien, me dit le père Dodu. Tu viens pour débaucher nos filles ? – Moi, père Dodu ? – Tu les emmènes dans les bois pendant que le loup n'y est pas ? – Père Dodu, c'est vous qui êtes le loup. – Je l'ai été tant que j'ai trouvé des brebis ; à présent je ne rencontre plus que des chèvres, et qu'elles savent bien se défendre ! Mais, vous autres, vous êtes des malins, à Paris. Jean-Jacques avait bien raison de dire : "L'homme se corrompt dans l'air empoisonné des villes." – Père Dodu, vous savez trop bien que l'homme se corrompt partout. »

Le père Dodu se mit à entonner un air à boire ; on voulut en vain l'arrêter à un certain couplet scabreux[1] que tout le monde savait par cœur. Sylvie ne voulut pas chanter, malgré nos prières, disant qu'on ne chantait plus à table. J'avais remarqué déjà que l'amoureux de la veille était assis à sa gauche. Il y avait je ne sais quoi dans sa figure ronde, dans ses cheveux ébouriffés qui ne m'était pas inconnu. Il se leva et vint derrière ma chaise en disant : « Tu ne me reconnais donc pas, Parisien ? » Une bonne femme, qui venait de rentrer au dessert après nous avoir servis, me dit à l'oreille : « Vous ne reconnaissez pas votre frère de lait ? » Sans cet avertissement, j'allais être ridicule. « Ah ! c'est toi, *grand frisé !* dis-je, c'est toi, le même qui m'a retiré de *l'ieau !* » Sylvie riait aux éclats de cette reconnaissance. « Sans compter, disait ce garçon en m'embrassant, que tu avais une belle montre en argent, et qu'en revenant tu étais bien plus inquiet de ta montre que de toi-même, parce qu'elle ne marchait plus ; tu disais : "La *bête* est *nayée*, ça ne fait plus tictac ; qu'est-ce que mon oncle va dire ?..."

– Une bête dans une montre ! dit le père Dodu, voilà ce qu'on leur fait croire à Paris, aux enfants ! »

1. **Scabreux :** licencieux, grivois.

Sylvie avait sommeil, je jugeai que j'étais perdu dans son esprit. Elle remonta à sa chambre, et pendant que je l'embrassais, elle dit : « À demain, venez nous voir ! » Le père Dodu était resté à table avec Sylvain et mon frère de lait ; nous causâmes longtemps, autour d'un flacon de *ratafiat*[1] de Louvres. « Les hommes sont égaux, dit le père Dodu entre deux couplets, je bois avec un pâtissier comme je ferais avec un prince. – Où est le pâtissier ? dis-je. – Regarde à côté de toi ! un jeune homme qui a l'ambition de s'établir. »

Mon frère de lait parut embarrassé. J'avais tout compris. – C'est une fatalité qui m'était réservée d'avoir un frère de lait dans un pays illustré par Rousseau, – qui voulait supprimer les nourrices ! – Le père Dodu m'apprit qu'il était fort question du mariage de Sylvie avec le *grand frisé*, qui voulait aller former un établissement de pâtisserie à Dammartin. Je n'en demandai pas plus. La voiture de Nanteuil-le-Haudoin me ramena le lendemain à Paris.

1. **Ratafiat :** liqueur de ménage obtenue par la macération de sucre et de divers ingrédients dans de l'eau-de-vie. On écrit aujourd'hui « ratafia ».

REPÈRES

• De quel autre titre, de même tonalité, rapprocher celui-ci ?
• Ce chapitre apporte à l'intrigue sentimentale un élément nouveau et décisif. Lequel ?

OBSERVATION

• À quelles pratiques se rattachent les gestes reprochés au père Dodu, tels que faire un signe de croix du pied gauche ou dire un verset à l'envers ?
• En quoi le père Dodu est-il bouffon ?
• Commentez l'incise « disait-il », à la ligne 24.
• Reportez-vous aux chapitres précédents. Où commençait l'histoire du « grand frisé » ?
• À quels signes voit-on que le jeune Parisien est devenu un étranger à Loisy ?
• Un nouveau personnage, nommé, apparaît dans ce chapitre pour disparaître aussitôt. Il ne s'agit pas du père Dodu. Comment se nomme ce personnage ? Pourquoi cette apparition ?

INTERPRÉTATIONS

• La rupture entre Sylvie et le narrateur, consommée dans ce chapitre, est-elle relatée sur un mode tragique ?
• Quel rôle joue le père Dodu au village et dans la vie du narrateur ?

L'illusion de la continuité

Le thème récurrent de la fête ménage, malgré les ruptures du récit et les différents âges de la vie évoqués, l'illusion d'une continuité. La distorsion temporelle est au principe de la création nervalienne : « Il arrive après cette nuit d'insomnie et ce qu'il voit alors [...] est entremêlé si étroitement aux souvenirs qu'il continue à évoquer, qu'on est obligé à tout moment de tourner les pages qui précèdent pour voir où on se trouve, si c'est présent ou rappel du passé. » (Proust) La jeunesse du narrateur semble une fête perpétuelle dont l'âge adulte, contemporain du bal de Loisy, serait comme l'aube désenchantée.

Trois ans après

Le Valois semble en effet devenu, en trois ans, l'ombre de lui-même. Nerval construit la nouvelle sur un savant système d'échos privilégiant dans la deuxième partie les images en négatif et les situations inversées au détriment du narrateur. Les « frères » d'autrefois – celui de Sylvie et le frère de lait – sont les ennemis d'aujourd'hui. Ce n'est pas le père Dodu qui fera preuve d'indulgence à l'égard d'un Parisien, en l'absence de la tante et de l'oncle disparus. Le Valois, communauté jadis accueillante et nourricière, se ferme au personnage qui lui est devenu étranger. Dépoétisée par les incursions de l'industrie et d'une culture uniforme, la région a, comme Sylvie, perdu de son charme aux yeux du personnage. Plus grave, les lauriers « ont péri » et la mort, qui a dépeuplé le Valois de ses figures familières, semble régner en maîtresse.

Une aube mélancolique

Depuis le début de la nouvelle, le narrateur oppose l'idéal et le rêve au réel décevant, le spleen succédant à l'ivresse. Le retour dans le Valois crée un choc semblable à celui éprouvé par le spectateur retrouvant le quotidien (chap. I). La tristesse des lieux solitaires, les ruines, les couleurs fanées du bal de Loisy correspondent à la vision mélancolique d'un esprit dégrisé que domine le sentiment du deuil et de la perte. Face à un présent infidèle au passé idéalisé, le personnage croit pouvoir tourner la page en courtisant l'actrice.

Cavaliers et amazones,
détail du tableau d'Alfred Dedreux (1810-1860).
Musée du château de Compiègne (Oise).

XIII

Aurélie

À Paris ! – La voiture met cinq heures. Je n'étais pressé d'arriver que pour le soir. Vers huit heures, j'étais assis dans ma stalle[1] accoutumée ; Aurélie répandit son inspiration et son charme sur des vers faiblement inspirés de Schiller[2], que l'on devait à un talent de l'époque. Dans la scène du jardin, elle devint sublime. Pendant le quatrième acte, où elle ne paraissait pas, j'allai acheter un bouquet chez madame Prévost[3]. J'y insérai une lettre fort tendre signée : *Un inconnu*. Je me dis : « Voilà quelque chose de fixé pour l'avenir », – et le lendemain, j'étais sur la route d'Allemagne.

Qu'allais-je y faire ? Essayer de remettre de l'ordre dans mes sentiments. – Si j'écrivais un roman, jamais je ne pourrais faire accepter l'histoire d'un cœur épris de deux amours simultanées. Sylvie m'échappait par ma faute ; mais la revoir un jour avait suffi pour relever mon âme : je la plaçais désormais comme une statue souriante dans le temple de la Sagesse. Son regard m'avait arrêté au bord de l'abîme. – Je repoussais avec plus de force encore l'idée d'aller me présenter à Aurélie, pour lutter un instant avec tant d'amoureux vulgaires qui brillaient un instant près d'elle et retombaient brisés. – Nous verrons quelque jour, me dis-je, si cette femme a un cœur.

1. **Stalle** : compartiment, loge de théâtre.
2. **Friedrich von Schiller (1759-1805)** : poète et dramaturge allemand en relations étroites avec Goethe. Ses drames connurent en France de nombreuses adaptations. Nerval a traduit plusieurs de ses textes.
3. **Madame Prévost** : fleuriste renommée dont la boutique était située à proximité de la Comédie-Française.

Un matin, je lus dans un journal qu'Aurélie était malade. Je lui écrivis des montagnes de Salzbourg. La lettre était si empreinte de mysticisme[1] germanique que je n'en devais pas attendre un grand succès, mais aussi je ne demandais pas de réponse. Je comptais un peu sur le hasard et sur – l'*inconnu*.

Des mois se passent. À travers mes courses et mes loisirs j'avais entrepris de fixer dans une action poétique les amours du peintre Colonna pour la belle Laura, que ses parents firent religieuse, et qu'il aima jusqu'à la mort. Quelque chose dans ce sujet se rapportait à mes préoccupations constantes. Le dernier vers du drame écrit, je ne songeai plus qu'à revenir en France.

Que dire maintenant qui ne soit l'histoire de tant d'autres ? J'ai passé par tous les cercles de ces lieux d'épreuves qu'on appelle théâtres. « J'ai mangé du tambour et bu de la cymbale », comme dit la phrase dénuée de sens apparent des initiés d'Éleusis[2]. – Elle signifie sans doute qu'il faut au besoin passer les bornes du non-sens et de l'absurdité : la raison pour moi, c'était de conquérir et de fixer mon idéal.

Aurélie avait accepté le rôle principal dans le drame que je rapportais d'Allemagne. Je n'oublierai jamais le jour où elle me permit de lui lire la pièce. Les scènes d'amour étaient préparées à son intention. Je crois bien que je les dis avec âme, mais surtout avec enthousiasme. Dans la conversation qui suivit, je me révélai comme l'*inconnu* des deux lettres. Elle me dit : « Vous êtes bien fou ; mais revenez me voir... Je n'ai jamais pu trouver quelqu'un qui sût m'aimer. »

1. **Mysticisme** : opinion religieuse ou philosophique qui admet la communication directe entre l'homme et Dieu et prête un sens caché aux textes sacrés et aux choses de ce monde. Le narrateur place très haut son amour et se cantonne dans l'abstraction au risque de rester incompris.

2. **Éleusis** : ville de l'Attique où, depuis le XVe siècle avant Jésus-Christ, se déroulaient tous les cinq ans et pendant quatorze jours des cérémonies en l'honneur de Proserpine, gardienne des Enfers et de Cérès, déesse de la Fertilité. Les temps forts des éleusinies étaient la procession, la représentation de drames sacrés ou mystères, et enfin les épreuves initiatiques y succédant.

CHAPITRE XIII

Ô femme ! tu cherches l'amour... Et moi, donc ?

Les jours suivants, j'écrivis les lettres les plus tendres, les plus belles que sans doute elle eût jamais reçues. J'en recevais d'elle qui étaient pleines de raison. Un instant elle fut touchée, m'appela près d'elle, et m'avoua qu'il lui était difficile de rompre un attachement plus ancien.

« Si c'est bien *pour moi* que vous m'aimez, dit-elle, vous comprenez que je ne puis être qu'à un seul. »

Deux mois plus tard, je reçus une lettre pleine d'effusion[1]. Je courus chez elle. – Quelqu'un me donna dans l'intervalle un détail précieux. Le beau jeune homme que j'avais rencontré une nuit au cercle venait de prendre un engagement dans les spahis[2].

L'été suivant, il y avait des courses à Chantilly. La troupe du théâtre où jouait Aurélie donnait là une représentation. Une fois dans le pays, la troupe était pour trois jours aux ordres du régisseur[3]. – Je m'étais fait l'ami de ce brave homme, ancien Dorante des comédies de Marivaux[4], longtemps jeune premier de drame, et dont le dernier succès avait été le rôle d'amoureux dans la pièce imitée de Schiller, où mon binocle[5] me l'avait montré si ridé. De près, il paraissait plus jeune, et, resté maigre, il produisait encore de l'effet dans les provinces. Il avait du feu. J'accompagnais la troupe en qualité de *seigneur poète* ; je persuadai au régisseur[6] d'aller donner des représentations à Senlis et à Dammartin. Il penchait d'abord pour Compiègne ; mais Aurélie fut de mon avis. Le lendemain, pendant que l'on allait traiter avec les

1. **Effusion :** manifestation vive et chaleureuse des sentiments.
2. **Spahis :** soldats engagés pour combattre en Afrique du Nord.
3. **Régisseur :** au théâtre, responsable de l'organisation matérielle des représentations.
4. **Marivaux :** auteur dramatique et écrivain français (1688-1763). Dorante est le type même du jeune aristocrate heureux en amour.
5. **Binocle :** simple verre sans branches fixé sur le nez.
6. **Persuadai au régisseur :** la construction actuelle est directe (persuadai le régisseur).

propriétaires des salles et les autorités, je louai des chevaux, et nous prîmes la route des étangs de Commelles pour aller déjeuner au château de la reine Blanche[1]. Aurélie, en amazone[2], avec ses cheveux blonds flottants, traversait la forêt comme une reine d'autrefois, et les paysans s'arrêtaient éblouis. – Madame de F...[3] était la seule qu'ils eussent vue si imposante et si gracieuse dans ses saluts. – Après le déjeuner, nous descendîmes dans des villages rappelant ceux de Suisse, où l'eau de la Nonette fait mouvoir des scieries. Ces aspects chers à mes souvenirs l'intéressaient sans l'arrêter. J'avais projeté de conduire Aurélie au château, près d'Orry, sur la même place verte où pour la première fois j'avais vu Adrienne. – Nulle émotion ne parut en elle. Alors je lui racontai tout ; je lui dis la source de cet amour entrevu dans les nuits, rêvé plus tard, réalisé en elle. Elle m'écoutait sérieusement et me dit : « Vous ne m'aimez pas ! Vous attendez que je vous dise : "La comédienne est la même que la religieuse" ; vous cherchez un drame, voilà tout, et le dénouement vous échappe. Allez, je ne vous crois plus. »

Cette parole fut un éclair. Ces enthousiasmes bizarres que j'avais ressentis si longtemps, ces rêves, ces pleurs, ces désespoirs et ces tendresses... ce n'était donc pas l'amour ? Mais où donc est-il ?

Aurélie joua le soir à Senlis. Je crus m'apercevoir qu'elle avait un faible pour le régisseur, – le jeune premier ridé. Cet homme était d'un caractère excellent et lui avait rendu des services.

Aurélie m'a dit un jour : « Celui qui m'aime, le voilà ! »

---

1. **La reine Blanche** : Blanche de Castille a habité le château d'Ermenonville avec son fils.
2. **En amazone** : en position de cavalière (les deux jambes du même côté de la selle) et en tenue équestre (à l'époque, jupe longue et ample).
3. **Madame de F...** : peut-être la baronne de Feuchères qui habita Mortefontaine à partir de 1827.

REPÈRES

- Combien de temps s'est écoulé entre le début de la nouvelle et le chapitre XIII ?
- Évaluez approximativement le temps écoulé entre le retour du personnage à Paris et la journée dans le Valois en compagnie d'Aurélie.
- Vous avez répondu aux deux questions précédentes. La longueur du texte est-elle proportionnelle à la durée de l'action ?

OBSERVATION

- L'avenir (l. 9) constitue-t-il pour le personnage une préoccupation nouvelle ? D'après l'ensemble du chapitre, est-il libre de songer au futur ?
- Observez les deux phrases : « Essayer de remettre de l'ordre dans mes sentiments. » (l. 11-12) et « – Si j'écrivais un roman, jamais je ne pourrais faire accepter l'histoire d'un cœur épris de deux amours simultanées. » (l. 12-14). Comment s'articulent-elles ? Quel est leur rapport logique ?
- Quel rôle le narrateur prête-t-il à Sylvie ?
- À quoi la phrase « Nous verrons quelque jour, me dis-je, si cette femme a un cœur. » (l. 21-22) fait-elle allusion ?
- Étude de la phrase : « O femme ! tu cherches l'amour... Et moi, donc ? » (l. 50)
- Quels signes permettent de dire que la cour du narrateur auprès d'Aurélie est en bonne voie ?
- Commentez l'expression suivante : « Il avait du feu. » (l. 72)
- Étudiez les temps verbaux de la ligne 1 à la ligne 41.

INTERPRÉTATIONS

- Quel est le lien existant entre le sujet de la pièce de théâtre composée par le personnage et sa vie ?
- L'initiation dans le chapitre.

XIV

Dernier feuillet

TELLES SONT LES CHIMÈRES qui charment et égarent au matin de la vie. J'ai essayé de les fixer sans beaucoup d'ordre, mais bien des cœurs me comprendront. Les illusions tombent l'une après l'autre, comme les écorces d'un fruit, et le fruit c'est l'expérience. Sa saveur est amère ; elle a pourtant quelque chose d'âcre qui fortifie, – qu'on me pardonne ce style vieilli. Rousseau dit que le spectacle de la nature console de tout. Je cherche parfois à retrouver mes bosquets de Clarens[1] perdus au nord de Paris, dans les brumes. Tout cela est bien changé !

Ermenonville, pays où fleurissait encore l'idylle antique, – traduite une seconde fois d'après Gessner[2] ! – tu as perdu ta seule étoile, qui chatoyait pour moi d'un double éclat. Tour à tour bleue et rose, comme l'astre trompeur d'Aldébaran[3], c'était Adrienne ou Sylvie, – c'étaient les deux moitiés d'un seul amour. L'une était l'idéal sublime, l'autre la douce réalité. Que me font maintenant tes ombrages et tes lacs, et même ton désert ? Othys, Montagny, Loisy, pauvres hameaux voisins, Chaalis, – que l'on restaure, – vous n'avez rien gardé de tout ce passé ! Quelquefois, j'ai besoin de revoir ces lieux de solitude et de rêverie. J'y relève tristement en moi-

1. **Bosquets de Clarens** : allusion à la *Nouvelle Héloïse* de Jean-Jacques Rousseau. Les bosquets forment le décor champêtre des amours juvéniles de Julie et de Saint-Preux.
2. **Salomon Gessner** : auteur suisse d'expression allemande célèbre par ses poésies pastorales en prose rythmée (*Idylles*, 1758). On a reproché à ces tableaux champêtres d'être trop parfaits et conventionnels pour toucher le lecteur. Quant à Nerval, il admirait Gessner.
3. **Aldébaran** : étoile rouge faisant partie de la constellation du Taureau.

même les traces fugitives d'une époque où le naturel était affecté ; je souris parfois en lisant sur le flanc des granits certains vers de Roucher[1], qui m'avaient paru sublimes, – ou des maximes de bienfaisance au-dessus d'une fontaine ou d'une grotte consacrée à Pan[2]. Les étangs, creusés à si grands frais, étalent en vain leur eau morte que le cygne dédaigne. Il n'est plus, le temps où les chasses de Condé passaient avec leurs amazones fières, où les cors se répondaient de loin, multipliés par les échos !... Pour se rendre à Ermenonville, on ne trouve plus aujourd'hui de route directe. Quelquefois, j'y vais par Creil et Senlis ; d'autres fois par Dammartin.

À Dammartin, l'on n'arrive jamais que le soir. Je vais coucher alors à *l'Image Saint-Jean*. On me donne d'ordinaire une chambre assez propre tendue en vieille tapisserie avec un

Les Jardins d'Ermenonville et l'Île-des-Peupliers.
Peinture du début du XIXe siècle. Musée de l'Île-de-France, Sceaux.

1. Les descriptions d'Ermenonville dues aux guides touristiques de l'époque mentionnent effectivement les vers du poète Roucher (1745-1794).
2. **Pan** : dans la mythologie grecque, dieu des bergers d'Arcadie. Il symbolise la vitalité de la nature. Tête cornue, buste velu d'humain, bassin et jambes de bouc, il incarne également l'Univers.

trumeau au-dessus de la glace. Cette chambre est un dernier retour vers le bric-à-brac, auquel j'ai depuis longtemps renoncé. On y dort chaudement sous l'édredon, qui est d'usage dans ce pays. Le matin, quand j'ouvre la fenêtre, encadrée de vigne et de roses, je découvre avec ravissement un horizon vert de dix lieues, où les peupliers s'alignent comme des armées. Quelques villages s'abritent çà et là sous leurs clochers aigus, construits, comme on dit là, en pointes d'ossements. On distingue d'abord Othys, – puis Ève, puis Ver ; on distinguerait Ermenonville à travers le bois, s'il avait un clocher, – mais, dans ce lieu philosophique on a bien négligé l'église. Après avoir rempli mes poumons de l'air si pur qu'on respire sur ces plateaux, je descends gaiement et je vais faire un tour chez le pâtissier. « Te voilà, grand frisé ! – Te voilà, petit Parisien ! » Nous nous donnons les coups de poing amicaux de l'enfance, puis je gravis un certain escalier où les joyeux cris de deux enfants accueillent ma venue. Le sourire athénien de Sylvie illumine ses traits charmés. Je me dis : « Là était le bonheur, peut-être ; cependant... »

Je l'appelle quelquefois Lolotte[1], et elle me trouve un peu de ressemblance avec Werther, moins les pistolets[2], qui ne sont plus de mode. Pendant que le *grand frisé* s'occupe du déjeuner, nous allons promener les enfants dans les allées de tilleuls qui ceignent les débris des vieilles tours de brique du château. Tandis que ces petits s'exercent, au tir des compagnons de l'arc, à ficher dans la paille les flèches paternelles, nous lisons quelques poésies ou quelques pages de ces livres si courts qu'on ne fait plus guère.

J'oubliais de dire que le jour où la troupe dont faisait partie Aurélie a donné une représentation à Dammartin, j'ai conduit

---

1. **Lolotte :** diminutif de Charlotte, figure féminine du roman de Goethe, *Les Souffrances du jeune Werther* (1774).
2. **Les pistolets :** à la suite de son amour malheureux pour Charlotte, Werther se donne la mort. Véritable fait de société, Werther a engendré en Europe une mode romanesque et vestimentaire ainsi qu'une vague de suicides.

Sylvie au spectacle, et je lui ai demandé si elle ne trouvait pas que l'actrice ressemblait à une personne qu'elle avait connue déjà. « À qui donc ? – Vous souvenez-vous d'Adrienne ? » Elle partit d'un grand éclat de rire en disant : « Quelle idée ! » Puis, comme se le reprochant, elle reprit en soupirant : « Pauvre Adrienne ! elle est morte au couvent de Saint-S..., vers 1832. »

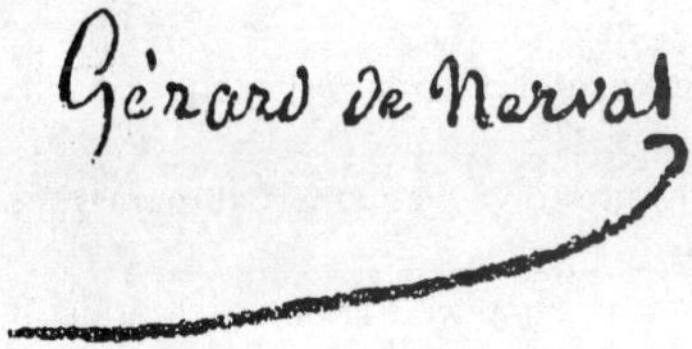

REPÈRES

- Que signifie l'expression le « matin de la vie » (l. 2) ?
- Quels sont les sentiments dominants du narrateur au paragraphe 2 ?
- Ces sentiments changent-ils dans les deux paragraphes suivants ?
- De quel chapitre l'action du dernier paragraphe est-elle contemporaine ?

OBSERVATION

- Recherchez la définition générale du mot « chimères ». Donnez sa signification en contexte.
- Quelle figure mythologique est évoquée par les verbes « charmer » et « égarer » (l. 1) ?
- Étudiez les pronoms personnels au paragraphe 2 : à qui s'adresse le narrateur ?
- Recherchez au chapitre I le passage auquel fait écho l'expression « Tour à tour bleue et rose » (l. 14).
- Que rappellent le « trumeau » (l. 36) et « la fenêtre, encadrée de vigne et de roses » (l. 39-40) ?
- Commentez les expressions « leur eau morte » (l. 27) et « en pointes d'ossements » (l. 43-44).
- De quoi Sylvie rit-elle à la fin du chapitre ?

INTERPRÉTATIONS

- Comment s'achève le parcours initiatique du narrateur dans ce chapitre ?
- Quelle vision le narrateur a-t-il du XVIIIe siècle ?

Ellipses et répétition

À la narration détaillée des amours de Sylvie et du narrateur succèdent les ellipses du chapitre XIII. Nous ne savons rien des « épreuves » que le narrateur a traversées. Les lacunes (« Deux mois plus tard », « L'été suivant ») marquent l'accélération du récit. L'échec du personnage auprès d'Aurélie ne fait que renouveler son fiasco auprès de Sylvie. C'est l'aliénation du personnage, marquée par la répétition des mêmes causes et des mêmes effets, qui intéresse l'écrivain : on retrouve ici l'aveu du narrateur hanté par le souvenir d'Adrienne, son inaptitude quasiment pathologique à tout attachement « nouveau », mais aussi la préférence de ses contemporaines pour un être incarnant la sécurité (le pâtissier ou le régisseur).

Le lyrisme

Malgré un semblant d'évasion en Allemagne, un charme invisible enchaîne le personnage. La valeur itérative du présent (chap. XIV) indique le caractère régulier du pèlerinage à Mortefontaine. Ce lieu bien nommé est marqué par le sentiment de la perte déjà exprimé à la fin du chapitre IX sur le mode élégiaque du « *Ubi sunt* ». La nostalgie anime la plainte lyrique et cadencée du « rêveur en prose » invoquant un Ermenonville dépeuplé. Nerval joue du contrepoint entre l'omniprésence de la mort et les sensations rafraîchissantes que procure le retour dans le Valois. Pour l'écrivain, l'impossibilité de faire son deuil du passé marque cet espace magique au coin de l'image maternelle et l'attrait de la morte, sous l'image d'Adrienne, ou de la mort, incarnée par les pistolets de Werther, contribue au charme ensorcelant de l'endroit.

L'ironie

Le romantisme de l'auteur s'illustre ici par le choc des tons. Mélancolie, ironie et fantastique alternent. L'artifice et le sentimentalisme surannés du XVIIIe siècle sont discrètement raillés comme appartenant au personnage codé du « soupirant », à la comédie de l'amour qui est la projection narcissique d'une obsession. Puis, l'annonce de la mort d'Adrienne relance la lecture de *Sylvie*, efface l'ironie amère, pour entrouvrir les portes de l'au-delà que franchira le narrateur d'*Aurélia*, œuvre ultime de Nerval.

Comment lire l'œuvre

La structure

« *Sylvie*, une nouvelle qui est beaucoup plus composée qu'*Angélique* et qui, de toutes les œuvres nervaliennes, correspond le plus à l'exigence de forme. »

Kurt Schärer

On ne peut prétendre isoler *la* structure de la nouvelle, composée de structures multiples à confronter. L'organisation des séquences narratives, le temps, l'espace, le ballet des personnages entrent dans sa composition complexe. La nouvelle compose avec des tonalités et des genres divers. Son architecture repose sur le rappel et la combinaison de différents motifs symboliques ou mythologiques. Du point de vue du sens, ces structures qui coexistent peuvent entrer en conflit, d'où les jugements contradictoires des critiques. On montrera ici que la structure linéaire du récit, commandée par une logique de dégradation, n'exclut ni les recommencements, ni la circularité.

Une structure mythique : les saisons de la vie

Chaque époque de la vie du narrateur correspond à une femme comme l'indiquent les trois premiers chapitres. Sylvie est le premier amour (chapitre III) ; Adrienne règne sur l'adolescence (chapitre II) ; Aurélie enchante l'âge adulte (chapitre I). Il n'est pas impossible que Nerval ait vu en ces trois femmes l'image des « Heures divines » qu'il évoquait au chapitre I à propos d'Aurélie et que l'on retrouve sur le cadran de la pendule de style Médicis, au chapitre III. Les Heures sont dans l'Antiquité grecque au nombre de trois. La triade

formée par Thallo, Auxo et Karpo personnifiait les saisons avant de représenter les heures. Ces noms signifiaient respectivement la floraison, la croissance et le fruit. Le mythe des Heures trouve sa résonance la plus significative dans la construction de la nouvelle, fondée sur l'évolution personnelle du narrateur, au point que l'on a parlé à propos de *Sylvie* d'un roman de formation. Ici, la quête de la sagesse se déroule en trois temps. Chaque heure ou saison correspond à une époque de son initiation : on se rappelle la comparaison d'Adrienne à une fleur et l'image du « fruit amer », à la fin de la nouvelle : c'est Aurélie-Karpo qui ouvre les yeux au narrateur désillusionné, lui révélant le sens de sa quête, artistique plus que sentimentale.
Nerval retravaille le mythe des Heures selon le goût romantique : la « fleur », Adrienne, est d'avance fauchée car elle est « fleur de la nuit », fleur crépusculaire née à l'heure de la mélancolie. La récolte du sage a une saveur « amère » (chapitre XIV, lignes 3-7). Le paganisme, dont les pratiques cultuelles vainquent l'image de la mort en fêtant la nature vivace et la vie toujours recommencée, peut-il dominer la sensibilité mélancolique d'un sujet en proie à la morsure du deuil et à la fascination de la mort ?

Les Heures : une structure circulaire

Sans doute, si l'on en croit le caractère cyclique du récit, compensant la logique de dégradation. On ne peut évoquer le mythe des Heures sans se référer au premier quatrain du sonnet des *Chimères* que Nerval avait d'abord intitulé « Ballet des Heures » :

Artémis

La Treizième revient… C'est encor la première ;
Et c'est toujours la seule, – ou c'est le seul moment :
Car es-tu reine, ô toi ! la première ou dernière ?
Es-tu roi, toi le seul ou le dernier amant ?

Le premier vers évoque un temps cyclique correspondant à l'espoir de renaissance omniprésent dans *Sylvie* mais aussi à sa structure en quatorze chapitres. En effet, la treizième Heure est pour Nerval une « heure pivotale », inaugurant un nouveau cycle après un tour de cadran. Sylvie, « fée des légendes éternellement jeune », puis Adrienne, reviennent à la fin de l'œuvre, comme pour évoquer le retour des premières amours et un perpétuel recommencement. Certains commentateurs voient dans la mort d'Adrienne un coup d'arrêt, un signe accablant. Il est permis de la lire au contraire comme une révélation qui sauve le romanesque. *A posteriori*, les apparitions fantomatiques de la nouvelle reprennent sens : l'obsession d'Adrienne devient amour éternel, fidélité par-delà la tombe. Le narrateur pourra reconsidérer les signes étranges que lui adressait la nature : il n'était pas fou mais bel et bien visité par une apparition. Loin d'être une clôture, la mort d'Adrienne intrigue. Véritable coup de théâtre, l'annonce a un effet dynamique, invitant à une relecture inlassable de *Sylvie*. Après la mort, le recommencement est possible, indiqué à la fin de la nouvelle par la présence des enfants qui reproduisent les gestes centenaires des archers de Loisy (chapitre XIV, lignes 60-61). Le mythe des Heures est de fait étroitement associé à la mort et à la renaissance. Les Heures étaient célébrées pendant les mystères d'Éleusis – évoqués au chapitre XIII. Perséphone aux Enfers et Déméter étaient les figures essentielles de ces mystères consacrés à la nature féconde et à ses rythmes. Elles incarnaient l'alternance entre mort (germination en terre) et renouveau de la nature.

Dégradation ou répétition ?

Le mythe des Heures a de profondes ramifications dans la nouvelle : les allusions à *La Divine Comédie* et au mythe d'Orphée apparentent le parcours du soupirant à une initiation. La mort à soi-même et la renaissance étant les deux étapes obligées de toute initiation, ce trajet trouve un prolongement dans le mythe fécond des Heures qui confère à la nouvelle une structure circulaire. L'étude au fil du texte démontre la correspondance rigoureuse entre une vision idyllique du Valois, culminant au chapitre VII, et sa réplique, dénaturée par le temps ennemi, dépoétisée par l'Histoire (chapitres VIII à XII). Le point de vue adulte du narrateur et le regard indifférent d'Aurélie (chapitre XIII) semblent ôter à ces lieux toute magie. Mais Nerval oppose deux structures et deux leçons. Si le récit traduit l'irrémédiable dégradation, la mort des êtres et des choses, d'autres aspects de la nouvelle incitent à dépasser le sentiment individualiste et matérialiste de la finitude. La structure cyclique du récit, le motif captivant ou obsédant de la ronde, la permanence des traditions, le lien étroit des générations, marqué notamment par la ressemblance de Sylvie avec sa tante, puis des enfants de Sylvie avec leurs aînés sont autant d'éléments nous invitant à considérer non des mortels isolés, mais l'humanité qui traverse le temps et les rassemble, selon une vision familiale et unitaire qu'*Aurélia* développera :

> Cette idée me devint aussitôt sensible, et, comme si les murs de la salle se fussent ouverts sur des perspectives infinies, il me semblait voir une chaîne non interrompue d'hommes et de femmes en qui j'étais et qui étaient moi-même [...] (*Aurélia*, première partie, V).

Les signes de l'au-delà et, ici-bas, les ressemblances, se rattachent à une conception circulaire du temps. Elles rachètent, mais à une autre échelle, le sentiment de la mort, la logique de dégradation envisagés du point de vue des individus (le texte de Michel Collot, p. 149-150, offre un autre éclairage sur la structure de *Sylvie*).

Les personnages

Le système d

Personnages / Fonctions	Le narrateur	Sylvie	Adrienne	Aurélie
Condition sociale	« Seigneur poète » et rentier	Dentellière puis ouvrière	Jeune fille de la noblesse Religieuse	Actrice
Rapport à l'espace	Parisien, voyageur, être instable	Villageoise, stable et disponible	Retirée (et morte) au couvent de Saint-S, être insaisissable et inaccessible puis cloîtré	Idole lointaine, menant une vie itinérante
Rôles	Le neveu, l'orphelin	La fiancée, l'amie, l'épouse, la sœur sacrée, la mère, l'actrice (VI), le guide	Le guide ou l'image trompeuse	Double d'Adrienne
Identification mythique ou légendaire	Orphée (Actéon) Salomon (chapitre VI) Dante Rousseau Polyphile	Ange salvateur « Minerve souriante et naïve », elle incarne la Sagesse et la vertu. Diane La nymphe La reine de Saba Isis La fée	Ange salvateur ou spectre maléfique (le fantôme, le feu follet) Béatrice Polia	Muse du narrateur (lui inspire une pièce de théâtre) L'amazone ou la Diane chasseresse La magicienne Polia
Rôles codés dans l'imaginaire romanesque	Le soupirant éconduit Le rival Saint-Preux Werther	L'amour d'enfance Julie Charlotte	L'héroïne, sacrifiée aux lois de la famille La religieuse	La femme vénale
Rôles actantiels	Sujet engagé dans une quête amoureuse, spirituelle et poétique	Premier objet de la quête amoureuse du narrateur	Second objet Opposant majeur à la quête amoureuse des objets 1 et 3	Troisième objet

personnages

Frère de Sylvie	Le grand frisé	Le jeune premier ridé	La tante	Le père Dodu
	Artisan	Régisseur	Paysanne	Guide Herboriste Berger…
Stable	Stable	Homme itinérant	Stable	Stable
Ami du narrateur Traître	Frère du narrateur Traître	Ami, double du narrateur		Chef de tribu, substitut du père Incarne l'autorité, l'interdit
Sorcier (*cf.* « le sabbat ») Le Roi des aulnes (*cf.* la chevauchée)			Fée	Sorcier, satyre
L'intermédiaire	Le rival	Le rival	L'intermédiaire	L'obstacle au bonheur
Adjuvant puis opposant, à partir du retour du narrateur à Loisy	Opposant	Opposant	Adjuvant puis opposant	Opposant

Schémas actantiels

Personnages/actants

Les personnages traditionnels peuvent être réduits à des fonctions élémentaires intervenant dans toute narration, en dehors des considérations psychologiques ou sociales. On appelle ces fonctions rôles actantiels. Réduits aux rôles de base que sont les fonctions de sujet, d'objet, d'adjuvant, d'opposant, etc., les personnages deviennent des actants. Un actant n'est pas nécessairement un personnage. Ainsi, l'un des principaux opposants à la quête amoureuse du narrateur est la conscience morale : c'est cette qualité qui lui interdit d'acheter l'actrice et de corrompre la paysanne.

Un exemple de relations entre actants

Les relations entre actants sont multiples, les combinaisons changeantes. Un même personnage peut adopter successivement plusieurs rôles actantiels, suivant la finalité du récit envisagée – plusieurs quêtes sont souvent en concurrence –, un même personnage peut aussi revêtir plusieurs rôles simultanément. La fonction d'Adrienne est ainsi très différente selon qu'elle intervient dans la quête spirituelle ou amoureuse du narrateur.

Schéma actantiel de la quête amoureuse

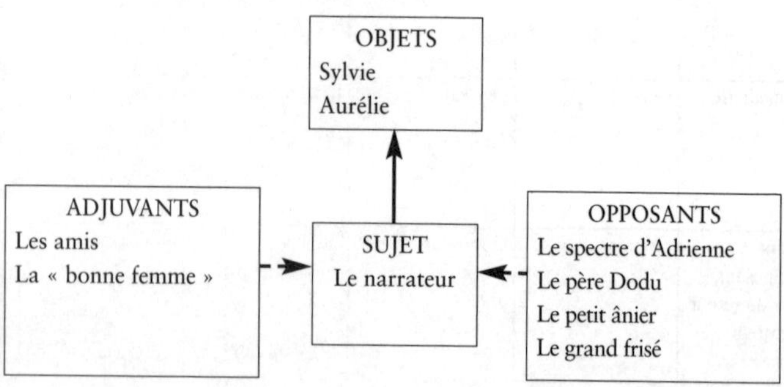

Schéma actantiel de la quête spirituelle et poétique

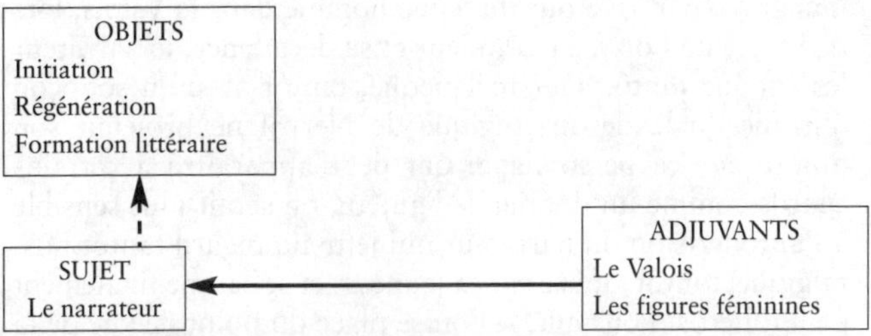

Personnages principaux

Le narrateur

« Ce souvenir m'avait vivement rappelé l'époque où je venais dans le pays, vêtu d'un petit habit à l'anglaise qui faisait rire les paysans. »

Le narrateur, p. 87.

« […] elle me trouve un peu de ressemblance avec Werther, moins les pistolets, qui ne sont plus de mode. » (XIV)

Sylvie, d'après le narrateur, p. 108.

Les « objets » composés par la très subjective focalisation du héros […] dévoilent l'évidence de ce qu'est un personnage, cette construction savante et trouble de l'imaginaire, ce fantasme textualisé, ce texte où se tissent les fantasmes. En face des figures issues de son propre imaginaire, le héros se présente lui-même comme « produit ».

Gabrielle Chamarat, *Nerval, Réalisme et Invention*, Paradigme, 1997.

Personnage choyé et fêté dans la première partie du récit, au point qu'il n'a qu'à se montrer pour ravir Sylvie à ses rivaux et l'accaparer, il apparaît plutôt comme un indésirable voué à un échec perpétuel dans la seconde partie de la narration inaugurée par le retour du jeune homme dans le Valois, lors de la fête de Loisy. Sa grandeur et sa décadence, le narrateur les évoque tantôt avec mélancolie, tantôt avec un soupçon d'ironie. Si le destin tragique de Nerval ne projetait son ombre sur ce personnage, qui peut apparaître à certains égards comme un double de l'auteur, on serait plus sensible à l'autodérision du narrateur qui jette un regard tantôt nostalgique, tantôt amusé sur sa jeunesse et se campe finalement en antihéros. Pourtant, si l'on se place du point de vue de la quête mystique dont il est question dès le chapitre I, on peut dire que la nouvelle de la mort d'Adrienne accomplit partiellement cette recherche. Elle entrouvre au personnage la possibilité d'une communication entre les vivants et les esprits.

Sylvie

« Nous sommes des gens de village, et Paris est si au-dessus ! »

Sylvie, p. 53.

« Sylvie avait une toilette de demoiselle, presque dans le goût de la ville. »

Le narrateur, p. 85.

« Sylvie n'échappe pas à l'ambiguïté : l'expression “la fée industrieuse” le montre suffisamment, la reliant à la fois à un passé champêtre mythique et à un avenir industriel vers lequel elle se dirige. »

Jacques Bony, in *Nerval*, *Les Filles du feu*, *Les Chimères*, Garnier-Flammarion, 1994.

Adrienne

« Elle ressemblait à la Béatrice de Dante, qui sourit au poète errant sur la lisière des saintes demeures. »
« [...] j'évoquai le spectre funeste qui traversait ma vie. »
Le narrateur, p. 44

« [...] les modalités mêmes du chant d'Adrienne suggèrent la complexité croissante du personnage [...] Tout se passe comme si les glissements du sens du personnage se reflétaient dans les modalités de son chant. »
Bruno Tritsmans in *Gérard de Nerval, Romantisme*, « Colloques », Sedes, 1997.

Aurélie

« Aimer une religieuse sous la forme d'une actrice !... et si c'était la même ! – Il y a de quoi devenir fou ! »
Le narrateur, p. 46.

« Je n'ai jamais pu trouver quelqu'un qui sût m'aimer. »
Aurélie, p. 102.

« Mais – c'est une constante de l'œuvre nervalienne – la femme se dérobe devant la transformation mythique, qui l'obligerait à s'abandonner tout entière à la fantaisie créatrice du poète. [...] »
Gérald Schaeffer, *Une double lecture de Gérard de Nerval*, La Baconnière-Payot, 1977.

Les trois personnages féminins

Nerval invoque à nouveau Aurélie, sous un nom légèrement différent, dans sa dernière œuvre, la nouvelle intitulée *Aurélia*. Il ne cesse donc, au cours de son œuvre, de réincarner ce personnage dont on trouve l'origine dans les contes et nouvelles d'Hoffmann. Aurélie semble une première synthèse des contraires représentés par Sylvie, incarnant la « douce réalité », et par Adrienne, toujours parée des prestiges de l'imaginaire et n'apparaissant qu'à la faveur du rêve. C'est qu'Aurélie est associée au monde du théâtre, univers « supernaturaliste », pour reprendre un terme employé par Nerval dans la préface des *Filles du feu*. Le supernaturalisme, c'est la nature sublimée et portée à une puissance supérieure. Le théâtre intensifie la vie, le réel, en isolant leur symbolisme : dans le cas du narrateur, c'est son amour pour Adrienne transposé aux temps de Francisco Colonna et dont la passion mystique est comme une épure.

Personnages secondaires

L'héritage de l'oncle

L'oncle joue dans la nouvelle un rôle parallèle à celui de la tante et du père Dodu : il représente la famille, mais une famille d'adoption. Ce trait a des résonances autobiographiques. Antoine Boucher, grand-oncle de Nerval, possédait une maison à Mortefontaine. L'oncle est à maintes reprises évoqué dans les œuvres de Nerval. C'est la figure conventionnelle des *Illuminés*, qui transmet à son neveu, grâce aux livres amassés dans sa bibliothèque, l'héritage philosophique du XVIIIe siècle et de la Révolution française. Dans *Aurélia*, l'oncle est responsable du désarroi spirituel du narrateur, tiraillé entre le paganisme hérité de ce personnage qui vouait un culte au soleil et l'héritage chrétien transmis par les personnages féminins qui ont entouré son enfance. Nerval résume ici le système d'oppositions culturelles instauré par les premiers romantiques (voir dans « Études d'ensemble » la partie « Retour des dieux païens », p. 141). Son œuvre tend à dépasser cette opposition par une recherche syncrétique. Dans la nouvelle des *Filles du feu*, l'oncle du narrateur constitue avec la tante de Sylvie une paire. Dans leurs habitations respectives flotte le souvenir des disparus – l'image du défunt mari de la tante, le carlin empaillé. Le perroquet de l'oncle symbolise la répétition, le temps arrêté. Un passé trop lourd, des « obsessions » empêchent le narrateur de construire sa vie, d'aller de l'avant. Comme Adrienne, l'oncle est un fantôme et son influence sur le narrateur est dans l'ensemble négative.

Passants et figurants

Certains personnages sont des passants. Ce sont les figurants, ainsi les jeunes filles en blanc de la « gracieuse théorie », sans doute inspirées à Nerval par un texte du marquis de Girardin (voir dans « Études d'ensemble » p. 139). Leur souvenir revient au chapitre IX, reflet nostalgique d'une époque de fêtes et d'innocence. Parmi les figurants, on pourrait compter les spectateurs et les compagnons anonymes du chapitre I, les jeunes filles dansant en rond sur la pelouse du château, les paysans du chapitre III et du chapitre XIII, les « fileuses matinales ». Ces « figurants » donnent à chacun des espaces de la nouvelle – l'espace urbain et l'espace du Valois – sa coloration propre. D'autres personnages sont des jalons marquant les étapes du récit et du parcours initiatique du narrateur : concierges et gardiens aux seuils du récit (chapitres III et VII), la grande Lise, dont l'accueil réservé annonce, à l'aube de la deuxième époque (chapitre VIII), les difficultés qui vont s'opposer au bonheur du poète. Enfin, il y a des actants fugitifs : les opposants (le petit ânier des chapitres X et XI), mais aussi les adjuvants, « informateurs » contrastant avec le caractère rêveur du personnage principal : ce sont les amis qui renseignent le narrateur sur ses maîtresses et ses rivaux, aux chapitres I et XIII, ou encore la « bonne femme » qui, au chapitre XII, le sauve discrètement du ridicule.

L'idéal rustique

Exode rural et idéalisation des campagnes

Le XIXe siècle hérite d'une représentation idyllique de la paysannerie et de la province. Au XVIIIe siècle, le début de l'exode rural aidant, la conviction que les villes sont corruptrices se propage et l'idéal de vertu, que l'on croit perdu dans les capitales, trouve refuge dans les campagnes. Aux philosophes des Lumières, aux encyclopédistes adeptes des derniers perfectionnements de la civilisation, dont la vie urbaine peut sembler l'expression la plus achevée, on oppose le sentiment de la nature et la nostalgie d'une vie plus simple. Jean-Jacques Rousseau invite ses contemporains à réagir contre la frivolité de la vie urbaine et à ne pas succomber à l'empire de ses mœurs, dépeintes dans les romans à la mode (voir texte 1 p. 129).

Épigones de Rousseau

La Nouvelle Héloïse connaît un succès considérable. Avec cette vogue, l'idée d'une humanité que la nature rendrait plus vertueuse devient un poncif. Dans son tableau de la campagne, ironique à l'égard du roman pastoral, Rousseau se garde d'un romanesque de convention (voir texte 1). Il répugne à la facilité qui ferait de la vie en milieu urbain la seule cause des vices. Ainsi, Julie impute au seul Saint-Preux, qui, séjournant à Paris, lui avoue l'avoir trompée, la responsabilité de sa faute *(Julie ou la Nouvelle Héloïse)*. Mais tous les épigones de Rousseau n'ont pas sa subtilité. L'un d'eux, Restif de La Bretonne, répand le cliché du paysan vertueux et corrompu par la vie urbaine dans *La Paysanne pervertie* (1784). Le couplet final de la complainte qui achève la nouvelle se veut édifiant :

Or profitons tous de l'exemple
Que leur sort donne aux paysans ;
Il faut que chacun le contemple,
Pour fuir la ville, et vivre aux champs.

Nerval : les désillusions du narrateur

C'est cette représentation manichéenne et caricaturale de la ville et de la campagne que défend le père Dodu au chapitre XII (« Mais, vous autres, vous êtes des malins, à Paris. Jean-Jacques avait bien raison de dire : "L'homme se corrompt dans l'air empoisonné des villes." ») Son attitude, son ivresse, ses chansons à boire sont en contradiction avec ces propos simplificateurs contre lesquels le narrateur proteste. Le point de vue de ce dernier est plus nuancé. Influencé par le mythe du « bon paysan », il est partagé entre réprobation à l'égard de la ville, où la vénalité est la plus forte, et mépris mondain de la province :

« Dans son village et dans ceux qui l'entourent, de bons paysans en blouse, aux mains rudes, à la face amaigrie, au teint hâlé ! » (chapitre III)

Pourquoi faire cas de rivaux si peu soignés de leur personne ? Le mépris attaché à la province frappe également, dans la description brève mais suggestive des paysannes au « minois chiffonné ». Individualisés, les paysans semblent grotesques : les surnoms, « père Dodu », « grand frisé », donnent une vision caricaturale de ces figures de province. À ce portrait physique peu flatteur se conjugue une représentation morale quelque peu naïve : tout au long de la nouvelle et jusqu'au chapitre XII, la paysannerie est systématiquement associée à une bonté inoffensive. Au chapitre V, les parents de Sylvie sont restés « de bons villageois » ; au chapitre VI, la tante de Sylvie est une « bonne vieille ». Mais, au chapitre XII, le narrateur tombe de haut. Parmi ses rivaux *inoffensifs* il a trouvé son maître ; le schéma de la pastorale, la bergère épousée par le prince, n'a plus sa raison d'être en des temps égalitaires où, comme le dit le père Dodu, on parle à un pâtissier comme on parle à un prince. Le narrateur, qui s'est plusieurs fois comparé à un seigneur, semble avoir été victime de son imagination romanesque autant que des réalités de la campagne. Certes, la vie de province peut être douce et les haltes du narrateur auprès de Sylvie (chapitre XIV) en témoignent. Mais le tableau de la paysannerie n'est pas sans rudesse. Le père Dodu ressuscite une image mythologique ; celle du brutal satyre rendu célèbre au XVIIe siècle par la pastorale, pour la bonne société prompte à tourner en dérision les classes populaires. C'est, légèrement atténué, le « bouquin puant », le « monstre hideux », le violeur de nymphes des *Bergeries* de Racan (1625). Nerval trouve le juste milieu entre les représentations idylliques du XVIIIe siècle et le regard sévère que posent parfois ses contemporains sur le monde rustique. Dans *Les Chouans*, Balzac peint la paysannerie vendéenne sous les traits du satyre (voir texte 2, p. 130). Et, dans *Les Paysans*, Balzac, décrivant un campagnard aux yeux « trop petits pour son énorme visage, inclinés comme ceux du cochon », intitule le chapitre « Une bucolique oubliée par Virgile ». Une façon ironique de remettre en cause la poésie et les tableaux sans défauts de l'idylle antique, aux fins d'une critique sociale qui pointe l'âpre misère paysanne – dénoncée par Michelet dans *Le Peuple* – mais aussi la rudesse de mœurs en découlant. À l'opposé, George Sand privilégie l'image de communautés où règne l'entraide. Le chapitre VI de *Sylvie* et la correspondance de Nerval vont également dans ce sens (voir la lettre à Franz Liszt, du Valois, hiver 1851, p. 30). Si Nerval emploie une expression quelque peu réductrice pour désigner la campagne de George Sand lorsqu'il évoque ses « bergeries du Berry », il reconnaît devoir à cette dernière l'inspiration de *Sylvie* (voir la lettre à Maurice Sand, Passy, 5 novembre 1853, p. 31). L'ajout à *Sylvie*, en 1854, des *Chansons et Légendes du Valois*, témoigne d'une fascination commune pour le folklore et la culture paysanne, que George Sand vient de manifester dans *Les Maîtres sonneurs* (1853). « La Reine des Poissons », qui pourrait s'adresser à l'enfance, n'est pas sans liens avec certaines des œuvres de George Sand destinées à la jeunesse (telles que *Gribouille*). À la fin du XIXe siècle, le naturalisme et la littérature décadente tourneront résolument la page de l'idylle rustique et prolongeront la vision balzacienne d'une paysannerie jugée bestiale.

Correspondances

Le paysan, du XVIIIe au XIXe siècle

- *La Nouvelle Héloïse*, Jean-Jacques Rousseau.
- *Les Chouans*, Honoré de Balzac.
- *Le Peuple*, Jules Michelet.
- *François le Champi*, George Sand.

1

« Il est clair, selon votre raisonnement, que pour donner aux ouvrages d'imagination la seule utilité qu'ils puissent avoir, il faudrait les diriger vers un but opposé à celui que leurs auteurs se proposent ; éloigner toutes les choses d'institution ; ramener tout à la nature ; donner aux hommes l'amour d'une vie égale et simple ; les guérir des fantaisies de l'opinion, leur rendre le goût des vrais plaisirs ; leur faire aimer la solitude au lieu de les exciter à s'entasser dans les villes, les porter à s'étendre également sur le territoire pour le vivifier de toutes parts. Je comprends encore qu'il ne s'agit pas de faire des Daphnis, des Sylvandres, des pasteurs d'Arcadie, des bergers du Lignon, d'illustres paysans cultivant leurs champs de leurs propres mains et philosophant sur la nature, ni d'autres pareils êtres romanesques, qui ne peuvent exister que dans les livres ; mais de montrer aux gens aisés que la vie rustique et l'agriculture ont des plaisirs qu'ils ne savent pas connaître ; que ces plaisirs sont moins insipides, moins grossiers qu'ils ne pensent ; qu'il y peut régner du goût, du choix, de la délicatesse ; qu'un homme de mérite qui voudrait se retirer à la campagne avec sa famille, et devenir lui-même son propre fermier, y pourrait couler une vie aussi douce qu'au milieu des amusements des villes ; qu'une ménagère des champs peut être une femme charmante, aussi pleine de grâces, et de grâces plus touchantes que toutes les petites-maîtresses ; qu'enfin les plus doux sentiments du cœur y peuvent animer une société plus agréable que le langage apprêté des cercles, où nos rires mordants et satiriques sont le triste supplément de la gaieté qu'on n'y connaît plus. »

Jean-Jacques Rousseau, « Préface de Julie ou Entretien sur les romans », 1760 (in *La Nouvelle Héloïse*).

2

« Enfin l'absence complète des autres caractères de l'homme social rendait cette tête nue plus remarquable encore. La face, comme bronzée par le soleil et dont les anguleux contours offraient une vague analogie avec le granit qui forme le sol de ces contrées, était la seule partie visible du corps de cet être singulier. À partir du cou, il était enveloppé d'un sarrau, espèce de blouse en toile rousse plus grossière encore que celle des pantalons des conscrits les moins fortunés. Ce sarrau, dans lequel un antiquaire aurait reconnu la *saye (saga)* ou le *sayon* des Gaulois, finissait à mi-corps, en se rattachant à deux fourreaux de peau de chèvre par des morceaux de bois grossièrement travaillés et dont quelques-uns gardaient leur écorce. Les peaux de bique, pour parler la langue du pays, qui lui garnissaient les jambes et les cuisses, ne laissaient distinguer aucune forme humaine. Des sabots énormes lui cachaient les pieds. Ses longs cheveux luisants, semblables aux poils de ses peaux de chèvres, tombaient de chaque côté de sa figure, séparés en deux parties égales, et pareils aux chevelures de ces statues du Moyen Âge qu'on voit encore dans quelques cathédrales. »

Honoré de Balzac, *Les Chouans*, 1829.

3

« Je sentis tout cela, lors qu'au mois de mai 1844, allant de Nîmes au Puy, je traversais l'Ardèche, cette contrée si âpre où l'homme a créé tout. La nature l'avait faite affreuse ; grâce à lui, la voilà charmante ; charmante en mai, et même alors toujours un peu sévère, mais d'un charme moral d'autant plus touchant. Là, on ne dira pas que le seigneur a donné la terre au vilain ; il n'y avait pas de terre. Aussi, combien mon cœur était blessé de voir encore, sur les hauteurs, ces affreux donjons noirs qui ont levé tribut si longtemps sur un peuple si pauvre, si méritant, qui ne doit rien qu'à lui. Mes monuments à moi, ceux qui me reposaient les yeux, c'étaient dans la vallée les humbles maisons de pierre sèche, de cailloux entassés, où vit le paysan. Ces maisons sont fort sérieuses, tristes même avec leur petit jardin mal arrosé, indigent et maigrelet ; mais les arcades qui les portent, l'escalier à grandes marches, le perron spacieux sous les arcades, leur donnent beaucoup de style. Justement, c'était la grande récolte ; à ce beau moment de l'année, on travaillait la soie, le pauvre pays semblait riche ; chaque maison, sous la sombre arcade, montrait une jeune dévideuse, qui, tout en piétinant sur la pédale du dévidoir, souriait de ses jolies dents blanches et filait de l'or. »

Jules Michelet, *Le Peuple*, 1846.

4

« M. Blanchet ne regardait pas trop à la dépense qui se faisait chez lui, parce qu'il avait réglé le compte de l'argent qu'il donnait chaque mois à sa femme pour l'entretien de la maison, et que c'était aussi peu que possible. Madeleine pouvait, sans le fâcher, se priver de ses propres aises, et donner à ceux qu'elle savait malheureux autour d'elle, un jour un peu de bois, un autre jour une partie de son repas, et un autre jour encore quelques légumes, du linge, des œufs, que sais-je ? Elle venait à bout d'assister son prochain, et quand les moyens lui manquaient, elle faisait de ses mains l'ouvrage des pauvres gens, et empêchait que la maladie ou la fatigue ne les fît mourir. »

George Sand, *François le Champi*, 1847-1848.

Le folklore

Recueillir la culture populaire

À la fin du XVIIIe siècle, un intérêt marqué pour le folklore se fait jour, débouchant au XIXe siècle sur le recensement collectif de ce fonds dans les *Mémoires* de l'Académie celtique, devenue en 1813 la Société des antiquaires de France. Sous le Second Empire, la commission Fortoul charge écrivains et savants de poursuivre cette œuvre (dès 1852).

Poésie des origines, origines de la poésie

Depuis la fin du XVIIIe siècle, l'Europe est partie en quête de ses origines mythiques dont elle pense trouver une trace dans les traditions populaires. On attribue au folklore une naïveté, une spontanéité enfantines. On n'hésite pas au besoin à réinventer ce patrimoine en publiant des recueils ou des traductions qui sont en réalité de pures créations. À la fin du XVIIIe siècle (1760), Ossian, barde du IIIe siècle, masque en réalité un « falsificateur », James Macpherson (1736-1796) ; au XIXe siècle Prosper Mérimée *recueille* des poésies illyriennes de son invention (1827). Nerval, en 1831, a *traduit* du haut allemand un chant de guerre, un « bardit », dont on n'a jamais retrouvé l'original ! Il contribue ainsi au mythe de la poésie primitive dans laquelle se ressourcerait l'inspiration des modernes (voir texte 3, p. 134).

Quête poétique et quête de l'identité

Dans *Sylvie*, le mouvement régressif vers le pays d'enfance s'accompagne d'un retour à la culture populaire : la quête de soi passe par les retrouvailles avec la culture locale. Initiation et thème de la musique, de la chanson folkloriques sont étroitement liés par le romantisme. Dans *Les Maîtres sonneurs* de George Sand, la vertu d'apprivoiser les bêtes, attribuée à Joset, qui joue de la flûte au cours de son apprentissage musical, rappelle les pouvoirs de la lyre d'Orphée (voir texte 2, p. 134). Dans *Consuelo*, du même auteur, la route vers Vienne est pour la cantatrice l'occasion de rencontres avec le folklore qui participent à l'élaboration de son art, dont elle avait compris les rudiments grâce à sa mère bohémienne. Auteur d'anthologies, Nerval théorise dans leurs préfaces le goût du folklore et, par le biais d'une question culturelle, évoque avec regret le fossé existant entre le peuple et les artistes. Dans *De l'Allemagne*, Mme de Staël remarquait déjà l'impopularité de la culture classique, étrangère à tout sentiment national. À l'opéra moderne, le narrateur préfère les vieilles chansons dont Sylvie est la mémoire. Nerval en réédite et transforme quelques-unes dans un appendice intitulé *Chansons et Légendes du Valois*, adjoint à la nouvelle en 1854 et qui lui fait écho : ainsi le rapprochement hardi entre l'épithalame du folklore et la poésie patriarcale, au chapitre VI, revient dans ce texte complémentaire à propos de « deux charmantes chansons qui ont comme un parfum de la Bible ». C'est dans la poésie transmise oralement, romances, ballades, chansons, que les écrivains du XIXe siècle pensent trouver le secret d'une littérature nouvelle. Les romantiques ne cèdent pas là à une tentation réactionnaire ou purement conservatrice. Ce parti pris est plutôt novateur. Il s'agit de tendre la main à un art populaire autrefois condamné par tous les académismes et relégué hors des cercles choisis de la littérature.

Correspondances

Traditions poétiques et populaires

- *Colomba*, Prosper Mérimée.
- *Les Maîtres sonneurs*, George Sand.
- *Chansons et légendes du Valois*, *Sylvie*, Gérard de Nerval.

1

« "Vous voyez, miss Nevil, disait Orso, quel pouvoir ont les vers du Dante, pour émouvoir ainsi une petite sauvagesse qui ne sait que son *Pater*… Mais je me trompe ; je me rappelle que Colomba est du métier. Tout enfant elle s'escrimait à faire des vers, et mon père m'écrivait qu'elle était la plus grande *voceratrice* de Pietranera et de deux lieues à la ronde."
Colomba jeta un coup d'œil suppliant à son frère. Miss Nevil avait ouï parler des improvisatrices corses et mourait d'envie d'en entendre une. Ainsi elle s'empressa de prier Colomba de lui donner un échantillon de son talent. Orso s'interposa alors, fort contrarié de s'être si bien rappelé les dispositions poétiques de sa sœur. Il eut beau jurer que rien n'était plus plat qu'une ballata corse, protester que réciter des vers corses après ceux du Dante, c'était trahir son pays, il ne fit qu'irriter le caprice de miss Nevil, et se vit obligé à la fin de dire à sa sœur :
– Eh bien, improvise quelque chose, mais que cela soit court ! »

Prosper Mérimée, *Colomba*, 1840.

2

« Nous le dévisagions, Brulette et moi, car il n'était plus le Joset que nous connaissions. Pour moi, il y avait quelque chose dans tout cela qui me rappelait les histoires qu'on fait chez nous sur les sonneurs-cornemuseux, lesquels passent pour savoir endormir les plus mauvaises bêtes, et mener, à nuitée, des bandes de loups par les chemins, comme d'autres mèneraient des ouailles aux champs. Joset n'était point dans une figure naturelle à ce moment-là, devant moi. De chétif et pâlot, il paraissait grandi et amendé, comme je l'avais vu dans la forêt. Il avait de la mine ; ses yeux étaient dans sa tête comme deux rayons d'étoile et quelqu'un qui l'aurait jugé le plus beau garçon du monde ne se serait point trompé sur le moment.
Il me paraissait aussi que Brulette en était charmée et ensorcelée, puisqu'elle avait vu tant d'affaires dans cette flûterie où je n'avais vu que du feu, et j'eus beau vouloir lui représenter que Joset ne ferait jamais danser que le diable avec sa musique, elle ne m'écouta point, et le pria de recommencer.
[...] En voyant comme Brulette écoutait et paraissait goûter la chose, je fis un effort de ma tête pour la goûter aussi, et il me parut que je m'accoutumais si bien à cette nouvelle sorte de musique, que j'en étais mouvé aussi au-dedans de moi ; car il se fit aussi en moi une songerie, et je crus voir Brulette dansant toute seule au clair d'une belle lune, sous des buissons de blanche épine fleurie, et secouant son tablier rose, comme prête à s'envoler. »

George Sand, *Les Maîtres sonneurs*, 1853.

3

Chansons et légendes du Valois.

« Chaque fois que ma pensée se reporte aux souvenirs de cette province du Valois, je me rappelle avec ravissement les chants et les récits qui ont bercé mon enfance. La maison de mon oncle était toute pleine de voix mélodieuses, et celles des servantes qui nous avaient suivis à Paris chantaient tout le jour les ballades joyeuses de leur jeunesse, dont malheureusement je ne puis citer les airs. J'en ai donné plus haut quelques fragments. Aujourd'hui, je ne puis arriver à les compléter, car tout cela est profondément oublié ; le secret en est demeuré dans la tombe des aïeules. On

publie aujourd'hui les chansons patoises de Bretagne et d'Aquitaine, mais aucun chant des vieilles provinces où s'est toujours parlée la vraie langue française ne nous sera conservé. C'est qu'on n'a jamais voulu admettre dans les livres des vers composés sans souci de la rime, de la prosodie et de la syntaxe ; la langue du berger, du marinier, du charretier qui passe est bien la nôtre, à quelques élisions près, avec des tournures douteuses, des mots hasardés, des terminaisons et des liaisons de fantaisie, mais elle porte un cachet d'ignorance qui révolte l'homme du monde, bien plus que ne fait le patois. Pourtant ce langage a ses règles, ou du moins ses habitudes régulières, et il est fâcheux que des couplets tels que ceux de la célèbre romance : *Si j'étais hirondelle*, soient abandonnés, pour deux ou trois consonnes singulièrement placées, au répertoire chantant des concierges et des cuisinières.
[…] Est-ce donc la vraie poésie, est-ce la soif mélancolique de l'idéal qui manque à ce peuple pour comprendre et produire des chants dignes d'être comparés à ceux de l'Allemagne et de l'Angleterre ? Non, certes ; mais il est arrivé qu'en France la littérature n'est jamais descendue au niveau de la grande foule ; les poètes académiques du XVIIe et du XVIIIe siècle n'auraient pas plus compris de telles inspirations, que les paysans n'eussent admiré leurs odes, leurs épîtres et leurs poésies fugitives, si incolores, si gourmées. […] »

Gérard de Nerval, « Chansons et Légendes du Valois », *Sylvie*, 1854.

Poétique de la rêverie

Paysages romantiques

Nerval évoque, dans *Sylvie*, Ermenonville, ce parc conçu par le marquis de Girardin pour y accueillir Jean-Jacques Rousseau à la fin de sa vie. Là, ce dernier finit ses jours ; il fut enterré à l'Île-des-Peupliers avant que ses cendres ne soient transférées au Panthéon. Dans *Sylvie*, le retour du narrateur, accueilli à bras ouverts dans la même région à l'âge de la maturité, lui donne l'occasion de s'identifier avec le philosophe genevois. Ce moment où les échanges entre le marquis de Girardin et

Rousseau sont possibles a compté dans la naissance de la sensibilité romantique qui, à la fin du XVIIIe siècle, se nourrit de réflexions sur les paysages et les jardins. D'après l'*Essai sur les jardins* de Watelet (1774) ou la *Composition des paysages* du même René-Louis de Girardin (1775), certains décors semblent plus propices que d'autres à l'apparition d'un état proche du bonheur, la rêverie. L'un des premiers, Rousseau emploie l'adjectif « romantique » pour décrire les rives sauvages du lac de Bienne au cours de promenades qui, libérant la sensibilité et l'imagination, font naître des émotions douces et fortes.

Promenades littéraires

Mais là où le marquis de Girardin se représente la nature comme un tableau paisible dont notre « Voyage à Cythère » s'est beaucoup inspiré (voir texte 1, p. 139), Rousseau a un rapport beaucoup plus libre au paysage. Née de la promenade, la rêverie compense les outrages du temps. Il s'agit, pour celui qui a tout perdu, de doubler son existence en se détachant du présent, au cours d'itinéraires épousant le mouvement incessant de la pensée sur l'axe du temps. Dans la Cinquième Promenade des *Rêveries du promeneur solitaire*, Rousseau affirme : « Tout est dans un flux continuel sur la terre : rien n'y garde une forme constante et arrêtée, et nos affections qui s'attachent aux choses extérieures passent et changent nécessairement comme elles. Toujours en avant ou en arrière de nous, elles rappellent le passé qui n'est plus ou préviennent l'avenir qui souvent ne doit point être : il n'y a rien là de solide à quoi le cœur se puisse attacher. » La jouissance de s'évader à plaisir sur les « ailes de l'imagination », la possibilité de laisser les « idées suivre leur pente sans résistance et sans gêne » dédommagent le sujet de la fuite du temps (Deuxième Promenade).

Plénitude et instabilité

Le promeneur romantique médite sur les traces de Rousseau. Les étapes du pèlerinage, dans *Sylvie*, sont démarquées de l'*Itinéraire des jardins d'Ermenonville*, l'ouvrage de Stanislas de Girardin, fils de René-Louis, qui fut ensuite copié par des dizaines d'auteur, de la fin du XVIIIe siècle à l'époque de Nerval. Ces itinéraires sont divisés en promenades, à la manière des *Rêveries du promeneur solitaire*. Les noms de lieux, titres de nombreux chapitres de *Sylvie*, sont la trace de cette composition. L'expérience la plus personnelle, celle qui associe la marche et la résurrection du passé, est tributaire d'une tradition rousseauiste que signale la pervenche au chapitre V. Dans *Les Confessions* (livre VI), la pervenche ramène Rousseau plusieurs années en arrière et lui rappelle ses promenades avec madame de Warens, surnommée « Maman », l'un des personnages de cette autobiographie. Le parallèle et le choix de l'épisode ne paraîtront d'ailleurs pas innocents pour peu que l'on veuille tenir compte du caractère maternel du Valois, dans la géographie familiale de Nerval. Dans *Aurélia*, l'écrivain évoque très probablement la genèse de *Sylvie* lorsqu'il se remémore la naissance pénible de l'œuvre, écrite « presque toujours au crayon, sur des feuilles détachées, suivant le hasard de [sa] rêverie et de [sa] promenade » (2e partie, V). Il marque ainsi sa fidélité à une « Écriture de la rêverie [...] liée à la marche » (Alain Montandon, *Promenades et Écriture*). Mais, là où Rousseau revendique la facilité d'un créateur disposant « en maître de la nature entière » *(Les Confessions)*, l'enfantement de *Sylvie* est douloureux. Le sujet romantique ressent dans les objets qui l'environnent la différence des temps et le poids de la solitude, quand le philosophe de Genève était résolu à savourer pleinement son existence, sa présence au monde et sa liberté infinie. La nostalgie du romantique, tour à tour obsédé par le passé et happé par l'avenir, son instabilité foncière l'empêchent de profiter de l'instant. Il ne se détache du présent que pour déplorer le passé aboli :

> Rousseau dit que la nature console de tout. Je cherche parfois à retrouver mes bosquets de Clarens perdus au nord de Paris, dans les brumes. Tout cela est bien changé ! (*Sylvie*, XIV)

Au lyrisme de la plénitude s'oppose alors la tristesse de la perte – qui n'est présent que fugitivement dans l'œuvre de

Rousseau, à la fin de la Cinquième Promenade. La prose mélancolique de *Sylvie* s'accommode du sentiment de la mort et d'une vague inquiétude : ruines, brouillards, présence fantomatique d'Adrienne, « eau morte » du dernier chapitre sont précisément les objets « attristants » dont Rousseau apprécie l'absence à l'île de Saint-Pierre (voir texte 2, p. 140). Ici, les chimères ne sont pas tant « agréables » que trompeuses. Les plaisirs de l'oisiveté tant goûtés par Rousseau deviennent paresse (V) dans la bouche de la « fée industrieuse » Sylvie. Ils font place au sentiment du temps perdu, communiqué par une prose mélancolique et cadencée.

Rêveries en prose

Le rythme traduit, dans *Sylvie,* le sentiment intime du *je*. Le dernier paragraphe du chapitre IV combine cadences majeures et allitérations – ainsi, « danse » annonce « enfance », aux lignes 85-86. L'harmonie, l'équilibre d'une félicité partagée sont dans la musique de la prose, accompagnement de l'impression visuelle. Le miroir calme des eaux reflète la quiétude et l'accord parfait d'un duo sentimental, la paix d'une rêverie et d'une « contemplation » heureuses. Mais à la fin de la nouvelle, le vagabondage du marcheur et de son esprit rameute les idées noires. Le ton élégiaque du chapitre IX renouvelle l'antique lamentation transmise par Du Bellay et le fameux « Las ! où est maintenant ce mépris de fortune... » des *Regrets :*

Où sont les buissons de roses qui entouraient la colline ?

Interrogations et invocations se succèdent (« Ô sage ! »), comme le mouvement alternatif du regret et de l'espoir : la négativité et la mort (« Non, ces arbustes de la douce Italie ont péri sous notre ciel brumeux. », l. 65-66) n'empêchent pas un brusque regain de confiance marqué par le « Oui [...] mais » (l. 69-73). Dans le paragraphe suivant, la prose épouse encore les contrastes d'une âme changeante. Par-delà l'identité du sujet, l'assonance en [ɛ], sensible à travers les vocables « lait, faibles, pères, perdu, désespérons, suprême, soleil », fait miroiter une conscience passant en quelques mots de l'éclat à la pénombre, et de l'ombre à la lumière.

Correspondances

Espaces de la rêverie

- *Composition des paysages*, René-Louis de Girardin.
- *Rêveries du promeneur solitaire*, Jean-Jacques Rousseau.

1

« Une île s'élève au milieu des eaux comme pour servir de théâtre aux plaisirs champêtres ; cette île charmante est entremêlée de vignes et de prairies, et de distance en distance des ombrages variés y forment d'agréables bocages ; la vache y pâture la fraise qui rougit la pelouse ; d'heureux époux que l'intérêt n'a point unis y sont assis sur l'herbe tendre au milieu de tous leurs enfants ; c'est là qu'ils font un souper délicieux avec la crème qui a la saveur de la fraise et la couleur de la rose. Plus loin, au clair de la lune argentée, l'eau du lac frémit sous la barque légère, qui porte les jeunes filles du voisin hameau : un corset blanc marque leur taille bien proportionnée, de longues tresses flottent sur leurs épaules, un joli chapeau de paille, orné des plus belles fleurs de la saison, est la parure d'un visage riant où brille l'éclat de la santé et la sérénité de l'innocence ; leurs voix sonores n'eurent jamais de maîtres que les oiseaux, et la consonance de l'harmonie naturelle ; et les échos de ces cantons, qui ne connurent jamais les charivaris de la musique chromatique, n'y répètent que les airs de la gaieté, les chants de la nature et les sons naïfs du haut-bois.

[...] C'est dans de semblables situations que l'on éprouve toute la force de cette analogie entre les charmes physiques et les impressions morales. On se plaît à y rêver de cette rêverie si douce, besoin pressant pour celui qui connaît la valeur des choses, et les sentiments tendres ; on voudrait y rester toujours, parce que le cœur y sent toute la vérité, et l'énergie de la nature. »

René-Louis de Girardin, *Composition des paysages*, 1775.

2

« Mais s'il est un état où l'âme trouve une assiette assez solide pour s'y reposer tout entière et rassembler là tout son être, sans avoir besoin de rappeler le passé ni d'enjamber l'avenir ; où le temps ne soit rien pour elle, où le présent dure toujours sans néanmoins marquer sa durée et sans aucune trace de succession, sans aucun autre sentiment de privation ni de jouissance, de plaisir ni de peine, de désir ni de crainte que celui de notre existence, et que ce sentiment puisse la remplir tout entière ; tant que cet état dure celui qui s'y trouve peut s'appeler heureux, non d'un bonheur imparfait, pauvre et relatif, tel que celui qu'on trouve dans les plaisirs de la vie, mais d'un bonheur suffisant, parfait et plein, qui ne laisse dans l'âme aucun vide qu'elle sente le besoin de remplir. Tel est l'état où je me suis trouvé souvent à l'île de Saint-Pierre dans mes rêveries solitaires, soit couché dans mon bateau que je laissais dériver au gré de l'eau, soit assis sur les rives du lac agité, soit d'ailleurs au bord d'une belle rivière ou d'un ruisseau murmurant sur le gravier.

[…] Cette espèce de rêverie peut se goûter partout où l'on peut être tranquille, et j'ai souvent pensé qu'à la Bastille, et même dans un cachot où nul objet n'eût frappé ma vue, j'aurais encore pu rêver agréablement.

Mais il faut avouer que cela se faisait bien mieux et plus agréablement dans une île fertile et solitaire, naturellement circonscrite et séparée du reste du monde, où rien ne m'offrait que des images riantes, où rien ne me rappelait des souvenirs attristants, où la société du petit nombre d'habitants était liante et douce sans être intéressante au point de m'occuper incessamment ; où je pouvais enfin me livrer tout le jour sans obstacles et sans soins aux occupations de mon goût, ou à la plus molle oisiveté. L'occasion sans doute était belle pour un rêveur qui, sachant se nourrir d'agréables chimères au milieu des objets les plus déplaisants, pouvait s'en rassasier à son aise en y faisant concourir tout ce qui frappait réellement ses sens. En sortant d'une longue rêverie, en me voyant entouré de verdure, de fleurs, d'oiseaux, et laissant errer mes yeux au loin sur les romanesques rivages qui bordaient une vaste étendue d'eau claire et cristalline, j'assimilais à mes fictions tous ces aimables objets et me trouvant enfin ramené par degrés à moi-même et à ce qui m'entourait, je ne pouvais marquer le point de séparation des fictions aux réalités ; tant tout concourait également à me rendre chère la vie recueillie et solitaire que je menais dans ce beau séjour. »

Jean-Jacques Rousseau, *Rêveries du promeneur solitaire*, Cinquième Promenade, 1782.

Retour des dieux païens

Paganisme et christianisme

Les parcs romantiques de la fin du XVIIIe siècle sont agencés dans le goût anglais. Ils n'en font pas moins place à l'antiquité païenne si l'on en croit les formules gravées dans la pierre et la « grotte consacrée à Pan » du chapitre XIV. Le début du XIXe siècle rejetait la mythologie du monde méditerranéen au profit des dieux du nord et de la religion chrétienne. On jugeait alors tout extérieures les pompes du paganisme et on les réprouvait au nom de la modernité, de la rupture révolutionnaire propres à engendrer une littérature nouvelle, une poésie du sentiment qui corresponde au « génie du christianisme » (Chateaubriand). L'opposition entre antiquité païenne et littérature romantique, entre « le goût antique et le goût moderne », est très nettement signifiée, notamment par Mme de Staël dans *De l'Allemagne*.

Romantiques et parnassiens

Cette opposition radicale s'estompe sous l'impulsion de Victor Hugo déclarant dans la préface des *Orientales* que « Tout a droit de cité en poésie ». Baudelaire, dans le *Salon de 1846*, rappelle que l'on « peut faire des Romains et des Grecs romantiques, quand on l'est soi-même » et que « Le romantisme n'est précisément ni dans le choix des sujets ni dans la vérité exacte, mais dans la manière de sentir. » À l'occasion de la représentation d'*Antigone* de Sophocle, en 1844, Théophile Gautier célèbre le retour de Bacchus, le poète Antoni Deschamps croit revoir les « beaux jours de la Grèce » et

Nerval rédige une critique enthousiaste. En 1852, il publie *Les Illuminés* où il évoque « les païens de la république » et la tentative de Quintus Aucler pour substituer le paganisme à une religion chrétienne défaillante. Au moment de la publication de *Sylvie*, les poètes parnassiens, dont Leconte de Lisle (*Poèmes antiques*, 1852), prisent la majesté, la sérénité antiques et s'approprient les riches couleurs du polythéisme. Quant à Baudelaire, il se garde de souhaiter le retour des dieux antiques et désapprouve les tenants de « l'école païenne » (1852).
On distinguera le goût de Nerval pour le paganisme et celui des parnassiens pour l'Antiquité. Les parnassiens sont avant tout séduits par la liturgie et les rituels païens, soucieux de renouer par la connaissance érudite avec la beauté d'une époque qu'ils veulent radicalement étrangère au XIXe siècle et abstraite de toute subjectivité. Nerval, lui, rattache au contraire l'Antiquité au mouvement de l'Histoire et au présent, à l'histoire d'une conscience : Sylvie métamorphosée en Artémis, les fêtes et les chansons du Valois comparées aux rites des cultes antiques à mystères, autant d'analogies éminemment subjectives, autant de fantasmes aux antipodes de l'impassibilité attribuée aux parnassiens. Au chapitre I de *Sylvie*, Nerval reprend des expressions présentes dans la préface des *Poèmes antiques* de Leconte de Lisle pour désigner une jeunesse trop détachée de son siècle dans laquelle il englobe peut-être les parnassiens. Les tableaux sereins, définitivement « fixés » des *Poèmes antiques,* excluent les surimpressions d'époques, les attaches à la parole vive et à l'histoire vécue d'un sujet qui ne cesse de résonner dans *Les Filles du feu* et *Les Chimères*.

Continuités

Au XIXe siècle, la mythologie comparée a mis en évidence des liens de continuité entre les cultes païens et la religion chrétienne. Le syncrétisme, consistant à édifier une religion nouvelle et personnelle à partir d'une mosaïque de croyances, se substitue aux orthodoxies. Lecteur de Quintus Aucler, plus obstiné que Nodier dont il a retenu les leçons, et notamment la transposition du *Songe de Polyphile*, Nerval cherche à percer les relations secrètes entre les figures divines de l'ancien et du nouveau monde. Il se plaît à décrire les rituels païens et croit le polythéisme sur le point de renaître. La mort de Dieu et de l'âme universelle est l'une des obsessions de Nerval, liée aux bouleversements spirituels de son époque décrits au chapitre I de *Sylvie*. C'était aussi un problème majeur pour les disciples de l'école d'Alexandrie dont il est question aussi bien dans *Sylvie* que dans *Daphné* d'Alfred de Vigny (voir texte 1, p. 144). Prouver les liens secrets entre les religions lui semble un moyen d'établir la survie du principe spirituel et du souffle vital par-delà les changements extérieurs. Alors que le premier romantisme, celui de Mme de Staël notamment, matérialise et naturalise les cultes antiques, Nerval voit dans la reviviscence des dieux païens le gage d'une permanence de l'âme divine. Le polythéisme antique lui semble apte à repeupler le « désert des cieux » (« Artémis ») et à conjurer la hantise du néant. Dans *Sylvie*, la Renaissance et le XVIIIe siècle ont perpétué la mémoire des cultes antiques. Le mythe de l'Arcadie lié à Pan, les fêtes et l'initiation, le désir de régénération s'emparant de « l'homme matériel », les allusions multiples aux mythologies antiques et égyptiennes, l'architecture néoclassique du XVIIIe siècle propagent le sentiment diffus d'un renouveau spirituel. Le style symbolique du chapitre IX laisse espérer la renaissance de l'Antiquité :

> Heureusement, le troène de Virgile fleurit encore, comme pour appuyer la parole du maître inscrite au-dessus de la porte : *Rerum cognoscere causas.*

Ce passage, allusion aux *Bucoliques* (II, v. 18), fait évidemment écho aux *Chimères* et notamment au poème « Artémis ». Le paganisme n'est pas ici un « sujet » comme un autre ni simplement le symbole d'une esthétique. Il prend place dans une philosophie de l'histoire et dans la quête spirituelle de l'enfant d'un « siècle déshérité d'illusions » *(Voyage en Orient)*. Enfin, il est profondément réinvesti par les fantasmes personnels de l'auteur, notamment par l'image maternelle. C'est le sens que l'on peut donner au culte de la maternité représenté par les figures divines d'Isis, de Cybèle, et de Marie.

Correspondances

Paganismes

- *Daphné*, Alfred de Vigny.
- *Les Chimères*, Gérard de Nerval.
- *Poèmes antiques*, Leconte de Lisle.

1

« Regardez attentivement, dit-il, cette momie embaumée. Elle porte dans sa tête des trésors et dans sa poitrine un rouleau de papyrus, sur lequel tiendraient aisément, rassemblées et écrites en caractères grecs, quelques brèves maximes qui peuvent exprimer tout ce qu'ont imaginé les hommes jusqu'à ce jour pour tâcher de se rendre meilleurs. Les couleurs rouges, vertes, dorées de la momie n'ont point pâli. Ses cheveux se sont conservés aussi blonds, aussi soyeux que durant la vie, aucun trésor d'Isis et d'Osiris, aucun sphynx azuré ne s'est perdu, pas une lettre du papyrus ne s'est effacée, grâce à ce cristal énorme qui couvre la momie dans toute son étendue. Ce cristal est transparent, et à travers les lueurs rougeâtres, argentées, violettes, que lui apportent les flambeaux et les astres et qui lui donnent l'aspect d'un lac merveilleux ou d'un ciel inconnu découvert dans l'ombre, on ne cesse d'apercevoir le visage immobile de la momie. Elle croise ses bras sur sa poitrine et y garde en paix notre trésor. Sur ce cristal énorme sont gravés et peints des caractères sacrés qui, faisant adorer l'enveloppe, ont conservé le trésor des âges anciens. Les dogmes religieux, avec leurs célestes illusions, sont pareils à ce cristal. Ils conservent le peu de sages préceptes que les races se sont formés et se passent de l'une à l'autre. Lorsque l'un de ces cristaux sacrés s'est brisé sous l'effort des siècles et les coups des révolutions des hommes, ou lorsque les caractères qu'il porte sont effacés et n'impriment plus de crainte, alors le trésor public est en danger, et il faut qu'un nouveau cristal serve à le voiler de ses emblèmes et à éloigner les profanes par ses lueurs toutes nouvelles, plus sincèrement et chaudement révérées.
Or, les Barbares dont nous parlons ont une crainte toute vraie, toute jeune et sans examen du nouveau dogme des Chrétiens ; s'ils la conservent pure, ce dogme sera le seul en vérité qui puisse sauver le trésor du monde, et ce sera là le cristal neuf orné de symboles nouveaux et préservateurs. »

Alfred de Vigny, *Daphné*, 1837-1847
(1929 pour la publication).

2

Delfica

« La connais-tu, DAFNÉ, cette ancienne romance,
Au pied du sycomore ou sous les lauriers blancs,
Sous l'olivier, le myrthe ou les saules tremblants,
Cette chanson d'amour… qui toujours recommence !

Reconnais-tu le TEMPLE, au péristyle immense,
Et les citrons amers où s'imprimaient tes dents ?
Et la grotte, fatale aux hôtes imprudents,
Où du dragon vaincu dort l'antique semence.

Ils reviendront ces dieux que tu pleures toujours !
Le temps va ramener l'ordre des anciens jours ;
La terre a tressailli d'un souffle prophétique…

Cependant la sibylle au visage latin
Est endormie encor sous l'arc de Constantin :
Et rien n'a dérangé le sévère portique. »

Gérard de Nerval, 1845 (*Les Chimères*, 1854).

3

La Coupe

« Prends ce bloc d'argent, adroit ciseleur.
N'en fais point surtout d'arme belliqueuse,
Mais bien une coupe élargie et creuse
Où le vin ruisselle et semble meilleur.
Ne grave à l'entour Bouvier ni Pléiades,
Mais le chœur joyeux des belles Mainades,
Et l'or des raisins chers à l'œil ravi,
Et la verte vigne, et la cuve ronde
Où les vendangeurs foulent à l'envi,
De leurs pieds pourprés, la grappe féconde.
Que j'y voie encore Évoé vainqueur,
Aphrodite, Éros et les Hyménées,
Et sous les grands bois les vierges menées
La verveine au front et l'amour au cœur ! »

Leconte de Lisle, *Odes anacréontiques*, in *Poèmes antiques*, 1852.

DESTIN DE L'ŒUVRE

Les souvenirs de Nerval, consignés par Alexandre Dumas dans ses *Nouveaux Mémoires* partiellement publiés en 1866, reflètent bien l'espèce d'intérêt que ressentaient ses contemporains pour Nerval. On se préoccupait moins de l'œuvre que de l'homme – dont on se plaisait à souligner le caractère « naïf » ou à évoquer la folie. Les prix de camaraderie ou les circonstances sordides de la mort passaient au premier plan. Ainsi, Dumas ne craint pas de reprendre platement à son compte les plus belles pages de *Sylvie* pour les présenter comme des épisodes de la vie de Nerval. Théophile Gautier, dans son *Histoire du romantisme*, consacre quelques pages à *Sylvie*. De la nouvelle, il reconnaît la tonalité arcadienne et voit à juste titre en elle une « idylle des environs de Paris », devançant le jugement de Giraudoux qui, en 1927, verra en Nerval un « Théocrite d'outre-terre ». Des œuvres de Nerval, *Sylvie* n'est donc pas la moins lue. La réédition constante et souvent illustrée de l'œuvre, les hommages de Marcel Proust y sont pour beaucoup : « un des chefs-d'œuvre de la littérature française, *Sylvie,* a, dit Proust, tout comme le livre des *Mémoires d'outre-tombe* relatif à Combourg une sensation du même genre que le goût de la madeleine et le gazouillis de la grive ». Proust rattache *Sylvie* à la quête du temps perdu et à une histoire de la mémoire sensitive née avec *Les Confessions* et la pervenche de Rousseau évoquée au chapitre V de *Sylvie*. Le 9 juillet 1922, la « fête de Sylvie » qui a un grand retentissement dans la presse et, les deux années suivantes, une comédie musicale (Alfred Barlow, *Sylvie*) sont l'occasion de célébrer Nerval et le Valois. Le privilège de *Sylvie* perdure tout au long du XXe siècle et la nouvelle devient le champ de vives polémiques témoignant de sa modernité.

Le XIXe siècle, juge de Nerval

Quelques formules

« Un écrivain d'une honnêteté admirable, d'une haute intelligence, et qui fut toujours lucide [...] »

Charles Baudelaire,
préface aux *Histoires extraordinaires*, 1856.

« [...] le commis-voyageur littéraire de Paris à Munich »

Sainte-Beuve, *Nouveaux Lundis*, 1865.

« [...] une plume d'une distinction littéraire incontestable »

Jules Barbey d'Aurevilly, *Le Constitutionnel*, 1868.

« Un des rares humoristes sincères d'un temps où la plupart des écrivains travaillaient leur bizarrerie et cherchaient à lui imprimer un voyant relief [...] »

Champfleury, *Vignettes romantiques*, 1883.

« un mystique et du même mysticisme que les plus modernes poètes [...] »

Émile Verhaeren, *L'Art moderne*, 1887.

Quelques témoignages

« Dieu est peut-être mort, disait un jour à celui qui écrit ces lignes Gérard de Nerval, confondant le progrès avec Dieu et prenant l'interruption du mouvement pour la mort de l'Être. Qui désespère à tort. Le progrès se réveille infailliblement [...] »

Victor Hugo, *Les Misérables*, V, 1, 1862.

« Gérard, comme toute la jeunesse du temps, se rattacha au grand mouvement romantique, qui agitait alors la littérature. Il en était certes par le fond et la nouveauté des idées, par un certain germanisme intellectuel puisé dans la familiarité de Goethe et de Schiller [...] ; mais il était, pour la forme, un disciple du XVIIIe siècle. »

Théophile Gautier, *Œuvres complètes* de Gérard de Nerval,
Michel Lévy, 1867-1868.

Nerval au XXe siècle

Lecture nationaliste de Nerval

« Les ballades que ce fol délicieux nous a fait aimer sont la voix la plus expressive, le soupir des campagnes du Valois. Ces vieux airs, d'un français si pur, raniment les puissances d'illusions que nous transmirent nos pères. [...] Ces charmantes inspirations, mêlées d'église, de guerre et d'amour qui palpitent demi-mortes sur d'anciens lieux de fêtes, c'est tout l'idéal mélancolique et fier des terriens français. Idéal aujourd'hui voilé, souvenir à demi rêvé de notre religion et de notre chevalerie. »

Maurice Barrès, *Discours de réception à l'Académie française*, 1907.

Proust contre Barrès : Nerval et la sollicitation de l'ailleurs

« Il est convenu aujourd'hui que Gérard de Nerval était un écrivain du XVIIIe siècle attardé et que le romantisme n'influença pas un pur Gaulois, traditionnel et local, qui a donné dans *Sylvie* une peinture naïve et fine de la vie française idéalisée. Voilà ce qu'on a fait de cet homme, qui à vingt ans traduisait *Faust*, allait voir Goethe à Weimar, pourvoyait le romantisme de toute son inspiration étrangère, était dès sa jeunesse sujet à des accès de folie, était finalement enfermé, avait la nostalgie de l'Orient et finissait par y partir, était trouvé pendu à la poterne d'une cour immonde, sans que, dans l'étrangeté de fréquentations et d'allure où l'avaient conduit l'excentricité de sa nature et le dérangement de son cerveau, on ait pu décider s'il s'était tué dans un accès de folie ou avait été assassiné par un de ses compagnons habituels, les deux hypothèses paraissant également plausibles ! »

Marcel Proust, *Contre Sainte-Beuve*, publié en 1954.

Nerval lu par les surréalistes

« Barrès, bête noire des surréalistes. On s'attendait donc à ce que ceux-ci prennent acte d'une telle condescendance pour réhabiliter Nerval, métamorphoser le « fol délicieux » en fou dangereux et provocateur.

[...] dans le premier *Manifeste du surréalisme* (1924), lorsqu'il explique le choix du mot, Breton ajoute, on se le rappelle :
"À plus juste titre encore, sans doute aurions-nous pu nous emparer du mot SUPERNATURALISME, employé par Gérard de Nerval, dans la dédicace des *Filles du feu*. Il semble, en effet, que Nerval posséda à merveille l'esprit dont nous nous réclamons, Apollinaire n'ayant possédé, par contre, que la *lettre*, encore imparfaite, du surréalisme, et s'étant montré impuissant à en donner un aperçu théorique qui nous retienne."
[...] Breton n'a pas accordé à Nerval la place que celui-ci aurait méritée, aux côtés de Rimbaud et de Lautréamont. On s'en rendra compte en consultant les *Entretiens avec André Parinaud* et autres, où l'on verra que Breton tire Nerval vers l'ésotérisme. »

Claude Pichois, *Œuvres et Critiques*, 1988.

Jugements contemporains

Conjurer le temps : la structure en miroir

« Il y a là comme une temporalité gigogne, qui nous fait régresser à l'infini, et que favorise la structure en miroir de Sylvie. La nouvelle est en effet bâtie selon un système de correspondances et de contrepoints d'un chapitre et d'une partie à l'autre, qui présente une symétrie remarquable :

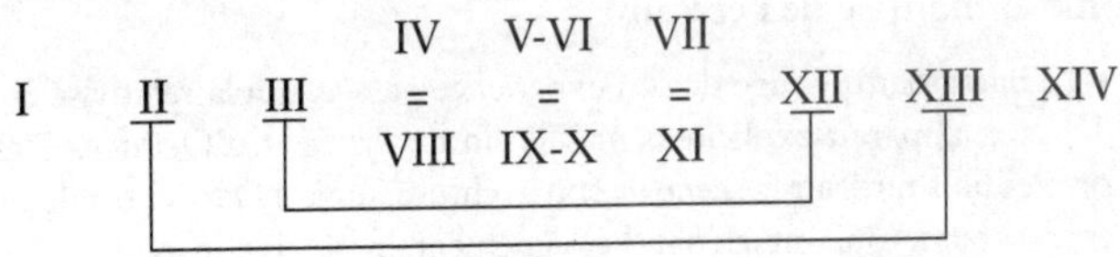

Cette correspondance est particulièrement nette dans la partie centrale du récit. Elle est explicite au chapitre XI, quand le narrateur demande à Sylvie de répéter le chant d'Adrienne, évoqué au chapitre VII. Le bal de Loisy, en VIII, reprend le scénario du « Voyage à Cythère », en IV : Sylvie, dont "l'œil noir brille toujours du sourire athénien d'autrefois", accorde au narrateur un tête-à-tête prolongé, mais se voit rappeler à l'ordre par son frère, qui lui demande de "rentrer à la maison". Au sortir de la fête, le narrateur fait comme naguère une excursion aux alentours (V et IX), avant de "reprendre le chemin de Loisy", où il rend visite à Sylvie ; au chapitre X, elle le fait "monter à sa chambre avec toute l'ingénuité d'autrefois" et il lui rappelle le souvenir de la tante d'Othys, mise en scène au chapitre VI...

Mais les chapitres extrêmes se font eux aussi pendant. À la présentation des trois objets d'amour au début de la nouvelle, correspondent trois dénouements successifs : le mariage de Sylvie, celui d'Aurélie, et l'annonce de la mort d'Adrienne. Au chapitre XIII, le héros-narrateur conduit Aurélie "sur la même place verte où pour la première fois il avait vu Adrienne" au chapitre III, répond la nouvelle de ses fiançailles ; au "coucou" du "concierge", ceux que fabrique le père Dodu, et à la "pendule" "arrêtée", la montre "nayée".

Ces deux derniers échos révèlent une des fonctions de cette symétrie presque parfaite entre le commencement et la fin ; elle vise à conjurer la fuite du temps linéaire, et à saturer la perte grâce à la création d'une temporalité cyclique, répétitive, propre au récit : "La construction circulaire, en miroir, de *Sylvie*, est une tentative ultime, par-delà l'épreuve amère de la réalité, pour maintenir le charme, fixer les chimères, les empêcher de s'évanouir." »

Michel Collot, *Gérard de Nerval ou la Dévotion à l'Imaginaire*, PUF, 1992.

Ironie et maîtrise de l'écriture

« Le narrateur qui juge de son expérience passée, qui la relativise et la dépasse, apparaît explicitement à la fin de *Sylvie* et d'*Octavie*. C'est, revenu plus tard sur la scène de son aventure, un *je* à la fois nostalgique et désabusé, qui, mûri par l'éloignement, a atteint le temps de la réflexion et de la "fixation" par l'écriture. Moraliste qui se double d'un artiste, puisque ses souvenirs, encore chargés d'émotion, demandent à revivre, à retrouver dans les mots leur puissance affective et qu'il faut cependant, pour y mettre de l'ordre, les considérer d'un regard impartial. Mais cet écrivain interprète et ordonnateur ne se contente pas de surgir *in extremis*. Son activité est constamment signalée, au long du récit, par des indices désignant l'opération créatrice. Ainsi, le tissu narratif est saturé d'allusions à différents arts – théâtre, musique, chant, sculpture, peinture, littérature – et au travail artisanal – broderie, tissage, dentellerie, ganterie, orfèvrerie – qui peuvent renvoyer, par réfraction métonymique, au texte qui les contient. Elles installent le lecteur dans un climat de production et de dégustation artistique, qui l'invite à discerner, par transposition de plans, la nature créée, artificielle, de l'œuvre qu'il déchiffre. »

Michel Jeanneret,
« Ironie et distance dans *Les Filles du feu* »,
Revue d'Histoire littéraire de la France, 1973.

Théâtre et ironie romantique : un parti pris antiréaliste

« Janin, Nodier, Nerval, Gautier, George et Maurice Sand, Musset et bien d'autres auront un véritable engouement pour les mimes des Funambules, les marionnettes, les théâtres d'ombres et jusqu'aux pantomimes équestres du Cirque olympique qui prolongent en France le souvenir des Comédiens italiens perpétué par le théâtre de Marivaux et la peinture de Watteau.
L'intérêt des romantiques pour ce genre de spectacle n'est pas purement anecdotique, il correspond au contraire à un choix esthétique. Art de la convention par excellence, la *Commedia* et ses dérivés anglais […], allemands […] ou français ont tous en commun un parti pris antiréaliste. Ils refusent l'analyse psychologique et imposent le *type*, préfèrent les situations aux discours et l'évocation à la description. Outre l'emploi des masques et le goût pour les travestissements, leurs caractéristiques communes sont l'imitation […], la légèreté, la brièveté, et cette recherche de la complicité du public à laquelle les romantiques allemands ont donné le nom d'ironie ou d'art comme art et qui intervient chaque fois que l'art est exhibé comme tel. »

Monique Streiff Moretti,
« Réflexion sur un faux titre : *Les Filles du feu* »,
in *Nerval, Actes du colloque de la Sorbonne* de 1997.

Un texte hanté

« Le texte même de *Sylvie* est un texte hanté, malgré la résignation et la sérénité apparentes du "Dernier feuillet", malgré l'équilibre miraculeux que Nerval réussit à maintenir entre la hantise et le réel sur lequel le narrateur "reprend pied". Hanté, on l'a vu, par des apparitions suc-

cessives, par le "fantôme rose et blond" d'Adrienne, par le "spectre funeste" qui traverse la vie du narrateur, par des souvenirs qui sont "une obsession peut-être !". Le mot ici encore est à prendre au sens fort : il ne s'agit pas d'une simple idée obsédante mais d'une véritable possession maléfique, à mi-chemin de la démonologie traditionnelle et de la psychiatrie moderne.
[…] "Un fantôme ne meurt jamais, il reste toujours à venir et à revenir", écrit Jacques Derrida. Si Adrienne est bien morte au couvent de Saint-S en 18**, si Aurélia est morte elle aussi, dans le corpus nervalien elles ne cessent de revenir comme images d'une autre plus inaccessible encore. *Les Filles du feu* d'un côté, *Aurélia* de l'autre, correspondent à deux tentatives différentes pour recréer une communication avec ce qui est perdu et, puisqu'on ne peut pas voir l'objet perdu face à face, pour évoquer et conjurer (aux deux sens du mot) son image. La première tentative, comme on le voit dans *Angélique, Sylvie, Octavie*, consiste d'abord à partir sur les routes autrefois frayées et convoquer les souvenirs ; mais le passé ne pouvant être retrouvé, il faut aller plus loin et traquer les ressemblances, les doubles, les coïncidences. C'est alors qu'apparaissent les fantômes, leurres ou feux follets, qui se transforment vite en spectre maléfique. *Aurélia* suit pour l'essentiel une autre voie, qui consiste à chercher l'objet perdu dans les profondeurs – le texte dit "dans les mystères" – de l'esprit : l'esprit concevant d'autres "esprits" avec lesquels il se confronte et parfois se confond. Non plus exactement fantômes mais fantasmes, qui donnent pour de brefs instants l'illusion de voir apparaître une figure unissant en elle toutes celles qui hantaient séparément jusque-là. »

Yves Vadé, « Les fantômes des *Filles du feu* »,
Gérard de Nerval. Romantisme « Colloques », Sedes, 1997.

Sylvie et les *Chansons et Légendes du Valois*

« La boucle semble donc bouclée d'un livre dont la fin dit l'objectif démystificateur et dont la clôture plus large révèle la volonté créatrice. Pourtant, en 1854, sous le même titre courant de *Sylvie*, à la suite du "Dernier feuillet", est apposé à la nouvelle le texte intitulé *Chansons et Légendes du Valois*. Appendice documentaire ? Plutôt complément jugé nécessaire, comme semble l'indiquer la première phrase qui fait écho au sous-titre de *Sylvie* :
"Chaque fois que ma pensée se reporte aux souvenirs de cette pro-

vince du Valois, je me rappelle avec ravissement les chants et les récits qui ont bercé mon enfance."

C'est bien encore de souvenirs personnels qu'il s'agit, mais ils n'ont plus la forme narcissique et obsédante qu'ils avaient dans la nouvelle. Ils appartiennent à l'ensemble de la communauté villageoise dont ils sont, à travers le temps, le discours élémentaire. [...] Le "nous" sous-entendu ici est populaire et ancestral ; son expression épouse la relation poétique et simple, parfois terrible dans sa simplicité, infiniment variée, de l'homme à la réalité immédiate de sa vie : la nature, l'amour, le travail, la guerre, la mort. Les *Chansons* réalisent le dépouillement de la focalisation qu'annonçait le "Dernier feuillet". Une mémoire pure y surgit [...]. Les images qui s'y superposent perdent, à être celles de tous, leur caractère asphyxiant. Proches de la nature, elles ne l'affectent plus. Le langage qu'elles ressuscitent fait signe, dans la nouvelle, au cœur vivant de la petite enfance, à la romance d'Adrienne, aux vieilles chansons connues de Sylvie. Les *Chansons* se terminent en conseils aux "bons poètes modernes" pour un art poétique régénéré et régénérant. En deçà ou au-delà des théâtres du *je*, il y a des mots non vieillis, des accords à réapprendre pour parler à présent, au présent, une transparence perdue de la relation au monde.

Sylvie retrace l'histoire moderne de cette perte, la façon dont elle contredit à l'œuvre de Rousseau en en privilégiant certains aspects contre d'autres, en en brisant la dynamique. Ce faisant, la nouvelle propose effectivement un renouvellement "réaliste" : dé-théâtraliser le regard porté sur le monde, c'est apprendre à lire et à écrire la théâtralité qui régit l'histoire individuelle comme celle des figures culturelles. En dernière instance viendra le modèle – rousseauiste autant que nervalien – de la parole originelle, dépouillée, qu'aucune "pose" n'entache. C'est celle qu'on entendra bientôt dans les "Mémorables" à la fin d'*Aurélia*. C'est celle à partir de laquelle une autre littérature est possible. »

Gabrielle Chamarat-Malandain,
Nerval, Réalisme et Invention, Paradigme, 1997.

Compléments historiques et notionnels

Actant
À distinguer du personnage, réservé aux personnes humaines. Celui qui accomplit ou subit un acte, qu'il soit homme, animal ou objet, individu ou figure collective de la fiction (voir « rôle actantiel »).

Adjuvant
Actant favorisant la quête d'un autre actant.

Analogie
Ressemblance, parenté entre des idées, des images (voir « correspondances »).

Auteur
Personne qui écrit une œuvre et que l'on oppose au narrateur. D'après l'étymologie, être auteur, c'est d'abord être garant ou responsable (moralement, juridiquement) d'une œuvre. Depuis la fin du XVIIIe siècle et les entreprises de Beaumarchais, c'est aussi avoir des droits sur cette œuvre.

Autobiographie
Genre littéraire dans lequel l'auteur écrit sa propre biographie (raconte sa vie), sans se masquer sous un nom d'emprunt. S'il prétend à la sincérité, il n'est pas tenu à la vérité. Les *Confessions* ou les *Mémoires d'outre-tombe* de Chateaubriand sont autobiographiques.

Cadence majeure
Phrase ordonnée en groupes rythmiques d'ordre croissant.

Contexte
Entourage verbal d'un terme. Le définir en contexte, c'est analyser sa relation avec d'autres mots du texte et l'emploi qui en est fait dans cet environnement particulier.

Correspondances
Pour les poètes romantiques, rapports secrets découlant de l'unité du monde, décelables au sein de la nature ; influence de l'univers sur l'homme et de l'homme sur l'univers.

Dégradation
Transformation néfaste s'opérant au cours du récit. On la déduit d'une comparaison entre la situation initiale et la situation finale.

Désenchantement
Affaissement des espoirs conçus par la jeunesse au moment de la révolution de 1830 ; mélancolie profonde qui en résulta dans les esprits.

Description
Passage d'un récit évoquant la réalité concrète. Pause ménagée pour peindre un portrait, un paysage, un objet.

Égotisme
À l'âge romantique, disposition à parler de soi. Culte du Moi.

Ellipse
Suppression de mots que le discours sous-entend (exemple : « Je t'aimais inconstant », c'est-à-dire « Je t'aimais malgré ton inconstance ») ; suppression partielle ou totale d'une partie du récit.

Énonciation
Mise en fonctionnement individuel de la langue. Son étude consiste à s'interroger sur les conditions de la communication en repérant tous les indices permettant d'identifier le sujet parlant et celui à qui s'adresse le discours (allocutaire).

Épreuve
Étape obligée de tout récit et de toute quête ; obstacle, difficulté donnant un sens à la vie des personnages, sanctionnés par la réussite ou l'échec de leurs actes.

Fantasme
Scénario imaginaire prenant la forme de la rêverie diurne ou subliminale (aux limites de la conscience), fiction figurant l'accomplissement d'un désir.

Fantastique
« Hésitation éprouvée par un être qui ne connaît que les lois naturelles, face à un événement en apparence surnaturel. » (T. Todorov)

Figure
Procédé de style par lequel on donne à un mot une signification qui n'est pas sa signification propre (voir « métaphore »). Construction particulière de la phrase, du discours, voire du récit (voir : « ellipse »).

Histoire
On distinguera l'histoire individuelle – celle par exemple du narrateur – et l'Histoire collective, rattachée par Nerval à une vision globale des temps que l'on pourrait appeler philosophie de l'Histoire.

Idylle
Petit poème ou petite pièce, généralement amoureuse, mettant en scène les bergers et la vie champêtre (synonymes : « églogue » ou « pastorale »).

Ironie
Procédé de style consistant à se moquer en disant le contraire de ce que l'on veut faire entendre

(c'est l'ironie par antiphrase). Disposition railleuse.

Ironie romantique
Attitude héritée du romantisme allemand et présente chez J.-P. Richter, Tieck, Hoffmann. Révolte de l'artiste face au monde qui le borne. Vision réalisant la synthèse des contraires, de l'idéal et du réel. Double mouvement de déréalisation de la vie, comparée à un songe ou à un spectacle, et d'affirmation de l'illusion.

Légende
Relation de faits authentiques mais déformés ou amplifiés par l'imagination, le parti pris d'un groupe ou la volonté artistique d'un auteur (exemple : la légende napoléonienne).

Libertinage
Courant de pensée né au XVIIe siècle. Empruntant ses fondements théoriques à l'épicurisme, il remettait en cause les dogmes de l'Église (Gassendi, La Mothe Le Vayer). Au XVIIIe siècle, mode de vie en contradiction avec les règles sociales établies. Banalisé, le mot est devenu synonyme de débauche ou de liberté sexuelle.

Lyrisme (de « lyre »)
À l'origine, poésie destinée à être chantée. Poésie exprimant un sentiment intime : « Je suis le premier qui ait fait descendre la poésie du Parnasse, et qui ait donné à ce qu'on nomme la Muse, au lieu d'une lyre à sept cordes de conventions, les *fibres mêmes du cœur* de l'homme, touchées et émues par les innombrables frissons de l'âme et de la nature » (Lamartine).

Métaphore
Figure par ressemblance. Mais les liens entre les deux termes comparés sont implicites. On distinguera « ma flamme », métaphore désignant l'amour, et la comparaison « Mon amour est *comme* une flamme ».

Modernité
Sentiment des ruptures historiques né avec la Révolution française.

Mystique (mysticisme)
Opinion religieuse ou philosophique qui admet la communication directe entre l'homme et Dieu et prête un sens caché aux textes sacrés et aux choses de ce monde.

Mythe
Récit fabuleux, souvent populaire, où des créatures imaginaires incarnent les forces de la nature, certains aspects de la condition humaine.

Narrateur
Instance, matérialisée ou non dans la fiction, et qui prend en charge le récit.

Néoclassicisme
Toute conception de la beauté reposant sur les règles et les

canons de la littérature dite « classique ». Aux temps de Nerval, un bon nombre de critiques comme Gustave Planche et, au théâtre, les imitateurs des classiques (comme Campistron), conservateurs en littérature, s'opposaient aux romantiques.

Objet
But vers lequel tend le sujet de la quête narrative (connaissance, action, être, bien matériel, etc.). L'objet est investi par le sujet d'une valeur qui justifie sa recherche.

Occurrence
Apparition d'une unité linguistique dans le discours.

Opposant
Actant s'opposant à la quête d'un autre actant.

Pastorale
Voir « idylle ».

Persona
Masque.

Pittoresque
Caractère de ce qui est digne d'être peint.

Promenade littéraire
Ce sous-genre narratif est lié soit à une écriture solitaire, celle de Rousseau par exemple, soit à la pratique de la conversation en extérieur, notamment dans l'œuvre de Crébillon. Il s'est fortement développé dans la seconde moitié du XVIIIe siècle, pour donner naissance au XIXe siècle à la flânerie, entre solitude marginale de l'errance et anonymat des villes (lire Nerval, *Les Nuits d'Octobre*, 1852 ; *Promenades et Souvenirs*, 1855 ; Baudelaire, *Le Spleen de Paris*, 1869).

Quête
Dans un récit, tension du sujet de l'action ou du récit vers un objet.

Réalisme
Les peintres (Gustave Courbet) ont précédé les écrivains réalistes (Champfleury). Le réalisme, réaction au romantisme, consiste à peindre ou à représenter uniquement ce que l'on voit, sans faire intervenir les filtres de l'imaginaire ou de l'idéalisme. Le mouvement connut son apogée vers 1850.

Rôle actantiel
Rôle de l'actant, souvent fluctuant au cours du récit (voir « sujet », « objet », « adjuvant », « opposant »).

Roman d'éducation
Ce genre propose non seulement une réflexion sur l'enseignement, mais une pédagogie appliquée. *L'Émile* de Rousseau en est le modèle.

Roman de formation
Récit relatant la formation accomplie d'un individu, parvenu

à résoudre harmonieusement ses contradictions. Le modèle du roman de formation est *Wilhelm Meister* de Goethe.

Romance
Récit en vers d'une histoire simple et naïve, destiné à être chanté.

Séquence
Unité du texte, et en particulier du récit, délimitée lors de son analyse et reconnaissable à des traits formels (dialogue, description, etc.), à une thématique ou à la nature de l'action (par exemple, au chapitre VI : la promenade, les présentations, les préparatifs, etc.).

Signe typographique
Caractère d'imprimerie.

Structure
Réseau d'éléments linguistiques ou textuels étudiés non pas séparément mais dans leur forme et leurs relations internes (différences, analogies, hiérarchie) ou externes. Les structures du récit constituent la base de son interprétation.

Sujet
Être, principe agissant de la quête, s'affrontant généralement avec d'autres sujets qui deviennent ainsi des opposants.

Symbole
Image ou objet évoquant, en vertu d'associations codées et définies par un groupe ou une idée, une abstraction (exemple : *la colombe est le symbole de la paix*).

Syncrétisme
Constitution d'une religion personnelle à partir de systèmes et de doctrines émanant des cultures et des époques les plus diverses.

BIBLIOGRAPHIE

Sur le XIXe siècle

- Barjot Dominique, Chaline Jean-Pierre, Encrevé André, *La France au XIXe siècle*, PUF, 1995.
- Bénichou Paul, *Le Sacre de l'Écrivain*, Corti, 1973.
- Gengembre Gérard, *Le Romantisme*, Ellipses, 1995.
- Millet Claude, *Le Légendaire au XIXe siècle*, Paris, PUF, 1997.

Méthodes et théories critiques

- Greimas A.J., Courtès J., *Sémiotique*, Hachette Supérieur, 1993.
- Herschberg Pierrot Anne, *Stylistique de la prose*, Paris, Belin Sup, 1993.

Éditions

- Nerval, *Œuvres complètes*, éd. par Jean Guillaume, Claude Pichois, Paris, Gallimard, « La Pléiade », trois volumes, 1989-1993.
- Nerval, *Poèmes d'outre-Rhin*, éd. par J.-Y. Masson, Paris, Grasset, 1996.

Sur Nerval et son œuvre

- Bénichou Paul, *Nerval et la Chanson folklorique*, Paris, Corti, 1970.
- Bony Jacques, *Le Récit nervalien*, Paris, Corti, 1990.

BIBLIOGRAPHIE

• Bowman Frank, *Gérard de Nerval. La Conquête de soi par l'écriture*, Orléans, Paradigme, 1997.

• Chamarat-Malandain Gabrielle, *Nerval, Réalisme et Invention*, Orléans, Paradigme, 1997.

• Collot Michel, *Gérard de Nerval ou la Dévotion à l'imaginaire*, PUF, 1992.

• Destruel Philippe, *Sylvie / Aurélia*, Paris, Nathan, « Balises », 1994.

• *Gérard de Nerval*, Actes réunis par J.-L. Diaz, *Romantisme*, « Colloques », Paris, SEDES, 1997.

• Illouz Jean-Nicolas, *Nerval, le Rêveur en prose. Imaginaire et Écriture*, PUF, 1997.

• *Nerval, Actes du colloque de la Sorbonne*, sous la direction d'André Guyaux, Paris, Presses de l'université de la Sorbonne, 1997.

• Pichois Claude, Brix Michel, *Gérard de Nerval,* Paris, Fayard, 1995.

• Samaran Charles, *Paysages littéraires du Valois*, Paris, Klincsieck, 1964.

• Sylvos Françoise, *Nerval ou l'Antimonde*, Paris, L'Harmattan, 1997.

CRÉDIT PHOTO : p. 7 Ph.© Alinari-Giraudon • p. 32 et reprise page 8 : Ph.© J.L.Charmet/T • p. 52 Ph.© Giraudon/T • p. 58 Ph.© Giraudon/T • p. 62 Ph.© Giraudon/T • p. 70 Ph.© Roger Viollet/T • p. 73 Ph.© Giraudon/T • p. 86 Ph.© Lauros-Giraudon/T • p. 90 Ph.© M.Didier/Coll.Archives Larbor/DR • p. 100 Ph.© Giraudon/T • p. 107 Ph.© Giraudon/T • p. 109 Ph.© Roger Viollet/T.

Direction de la collection : Carine Girac - Marinier.
Direction artistique : Emmanuelle BRAINE-BONNAIRE.
Responsable de fabrication : Marlène DELBEKEN.
Dessin de couverture : Alain BOYER.

Compogravure : P.P.C. – Impression : Rotolito Lombarda (Italie) - 302397
Dépot légal : Août 2008 - N° de projet : 11010802 - Mars 2010